U0028958
落第騎士
雄譚
15
海空
RIKU MISO
繪者 WO

間章 遺言

猛烈的衝擊與火熱炸開了胸口。

下一秒，殷紅染紅了視野前方。

鮮血。

大量血液潑灑四散，眼前所見之處一片血紅。

不成形的物體隨著鮮血噴散。那是內臟？

他明白，這些血肉模糊的液體與固體，全都出自自己迸裂的胸腔。

虛脫隨著自覺席捲全身，脖子以下空蕩蕩的。

靈魂之刃從五指間悄然滑落。

雙膝隨後一癱。

上半身無力抵抗，直接倒向化為血海的地面。

意識由紅轉黑。

生命的消逝，宛若難以抗拒的睡意。

即將失去一切的頃刻之間——

「史黛菈，我愛妳。」

他輕笑，向心愛的女孩悄聲告白。

自從邂逅女孩的那一天起，直到至今度過的一切時日，他都無怨無悔。

於是……〈落第騎士(Worst One)〉黑鐵一輝的意識逐漸逝去。

墜入喪失的深淵之中，再無覺醒的生機。

落第騎士英雄譚
Cavalry
15

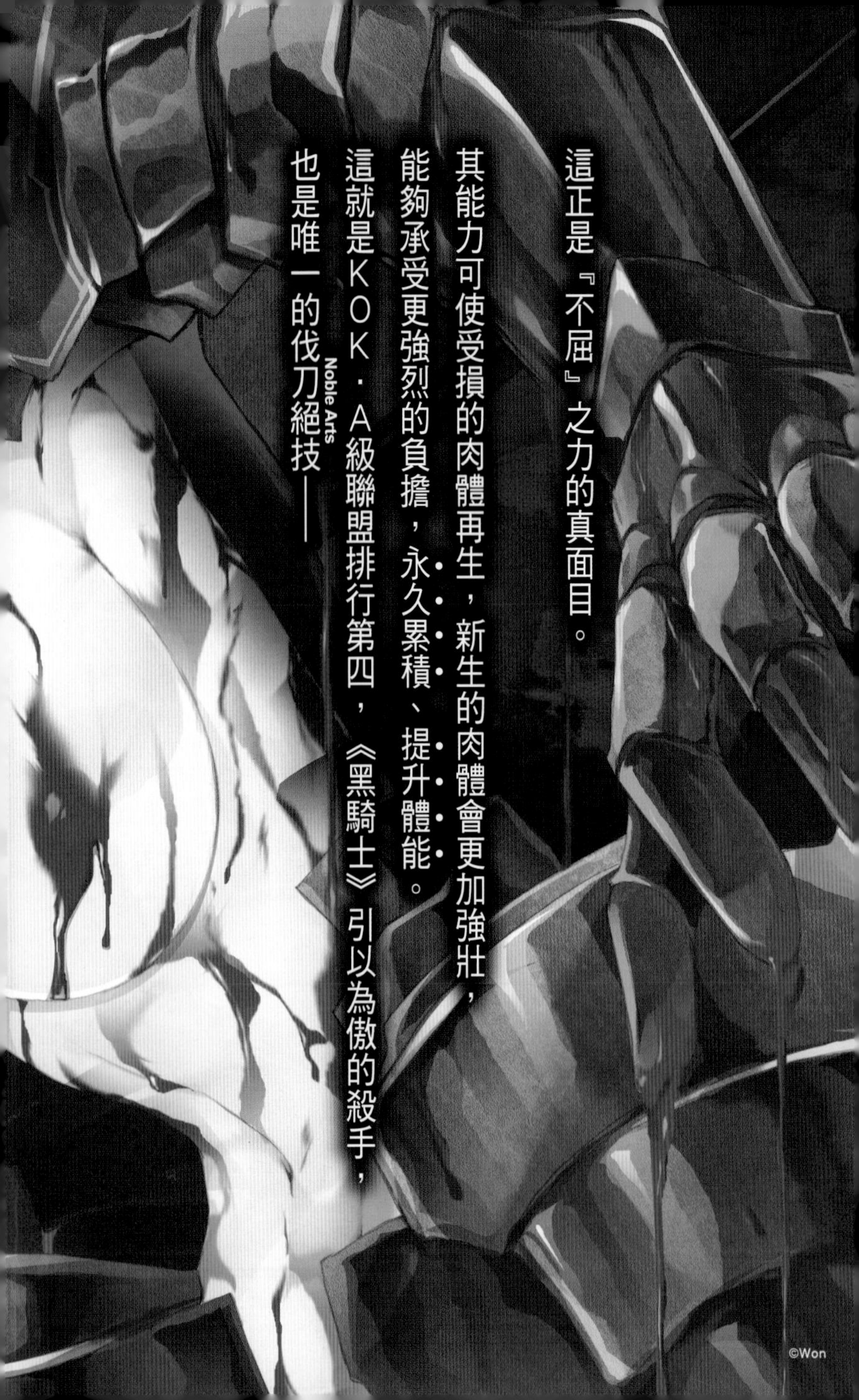
這正是『不屈』之力的真面目。
其能力可使受損的肉體再生，新生的肉體會更加強壯，
能夠承受更強烈的負擔，永久累積、提升體能。
這就是ＫＯＫ・Ａ級聯盟排行第四，《黑騎士》引以為傲的殺手，
也是唯一的伐刀絕技（Noble Arts）——
©Won

《強化再生》
REGENERATION OVERDOSE
©Won

「小子，你以為──
現在的自己算得上『活人』嗎？」
©Won

「不、不要……殺我……、
我、我還、不想死……！」
©Won

©Won

CONTENTS

第二十二章　劍神

「人人開口閉口都說著相同的廢話。

不能做壞事，要對人和善，與他人相親相愛。

這麼做就能使人生更加幸福、多采多姿。

……但就是有人在**這些行為**裡感受不到幸福，又該怎麼辦？

我們唯有作惡才能感到滿足，這叫我們該如何是好？

世界總是對我們說教：

我們應該壓抑自己，笑咪咪地對旁人獻媚，過上無趣又難耐的人生。

……這實在太過分了。

世界要我們為了他們的幸福而死。

世界就是這麼任性。

那我們也沒必要忍耐。

沒道理配合他們。

世界上原本就只存在一項規則。

『強者才有權力貫徹自我』，這就是唯一的真理。

盡情殺戮、盡情搶奪、盡情吞噬吧。

就讓我們為所欲為，盡情頌揚我們僅有一次的美好人生！活潑地（Merrily）、開心地（Merrily）、快活地（Merrily）活下去！」

〈傀儡王〉歐爾・格爾。

他以為所欲為的主張拉攏一群恐怖分子，聯手背叛〈解放軍（Rebellion）〉。

他殲滅〈解放軍〉基地後，以〈絲線〉能力控制奎多蘭王子約翰，並假借解決歷史紛爭，向法米利昂皇國宣戰。

歐爾・格爾曾以平賀玲泉的身分出戰〈七星劍武祭〉，〈紅蓮皇女〉在比賽場上直接否定了他的一切。因此，他的所有暴行全是為了報復她——並非如此。

他的親生姊姊艾莉絲最了解他，而她是這麼解釋歐爾・格爾的動機：

他閒得發慌，正好找到了個有趣的玩具，就隨手拿來取樂——

一切正如艾莉絲所言。

他的惡意脫離常軌，不分敵我。

不只沒有動機，甚至不存在最低限度的對象。

法米利昂與奎多蘭早已跨越建國時的恩恩怨怨，攜手共進。歐爾・格爾將兩國逼入殺戮深淵之中，目的僅只是以他人的痛苦取樂。

奎多蘭軍步步進逼。

法米利昂軍被迫迎戰。

不過，法米利昂第一皇女——露娜艾絲·法米利昂發揮機智與勇氣，在最後一刻避免兩軍全面開戰。

露娜艾絲在路榭爾短暫面會過歐爾·格爾，隨即看穿對方的性格。**其性格之殘暴，根本對常人的利害關係不屑一顧**。於是，她在談判桌擺上一枚惡魔金幣，誘使歐爾·格爾遵照〈聯盟〉規定，讓兩國以「代表戰」方式一決雌雄。而這枚金幣便是——「一旦自國戰敗，自己**不需要對方操控**，親自處決自己的家人」。

——她的選擇避免兩國戰火擴大，卻同時放棄〈聯盟〉旗下龐大的兵力優勢。〈聯盟〉畢竟是一個巨大的國際組織，只要歐爾·格爾操縱約翰維持奎多蘭政權，受侵略的法米利昂又同意透過正式的「代表戰」形式進行戰爭，〈聯盟〉就會受制於體制，無法強行介入兩國戰爭。

法米利昂的命運從此託付在五名伐刀者(Blazer)肩上。

〈紅蓮皇女〉史黛菈·法米利昂。

〈夜叉姬〉西京寧音。

〈黑騎士〉艾莉絲·格爾。

〈不轉殺手〉多多良幽衣。

〈落第騎士〉黑鐵一輝。

以上，一共五名伐刀者。

——於是，決戰之日來臨。

整場戰爭至此為四戰三勝一和局，戰況一面倒向法米利昂隊伍。

奎多蘭隊伍只剩〈傀儡王〉歐爾．格爾一人，面臨生死關頭。

而法米利昂隊伍由KOK．A級聯盟排行第四，歐爾．格爾的親姊姊，〈黑騎士〉艾莉絲．格爾對上敵方最後一人。

〈黑騎士〉的實力值得信賴。

再加上她面對此事的動機無人能出其後。

歐爾．格爾曾在艾莉絲的故鄉進行大屠殺。

當時的艾莉絲無力阻止親弟弟。於是，她從那一天起便不斷苛責自己，誓言遏止歐爾．格爾的暴行，絕不讓悲劇再次發生。

艾莉絲壯烈的決心近乎〈詛咒〉，化作力量寄宿在身體每一個角落，激發出超越自我的潛能。

歐爾．格爾面對艾莉絲的強大，無計可施。

他本就隱身於〈解放軍〉幕後。

他的能力便於操控世界局勢，這也是他的分內職責。

戰爭本身對歐爾・格爾而言不是難事。然而他在戰鬥方面，甚至無法抵擋伐刀者中偏後段班的〈獨腕劍聖〉，要贏過全力以赴的艾莉絲，形同天方夜譚。

史黛菈戰勝約翰之後，隨即與艾莉絲會合。這讓歐爾・格爾的劣勢慘上加慘。

兩人聯手猛攻，逼得他一味逃竄。

他無暇、更無力回擊。

只能連滾帶爬，狼狽不堪地保住自己的小命。

歐爾・格爾遲早會束手就擒。

——本來戰況應該如此發展。

這時卻發生了天理不容的局面。

眼看歐爾・格爾面臨生死一瞬間，淚眼汪汪地放聲求饒。

親弟弟的模樣勾起艾莉絲深藏心底的親情，她竟然揮斧斬向史黛菈，保護了歐爾・格爾。

史黛菈無法原諒艾莉絲的舉動，熊熊怒火直上雲霄。

艾莉絲見狀，卻並未退卻。

自身的舉動情理難容，連自己都無法饒恕，必定受世人唾棄、排擠。她心知肚明，卻拋開一切，只為保住弟弟的性命。

兩人繼續對峙，恐怕會讓歐爾・格爾逃之夭夭。

〈落第騎士〉黑鐵一輝恰巧在此時抵達同一處戰場。

黑鐵一輝要求史黛菈追擊歐爾．格爾，獨自對付〈黑騎士〉艾莉絲．格爾。

〈落第騎士〉對〈黑騎士〉。

〈紅蓮皇女〉對〈傀儡王〉。

這場萌發於法米利昂的戰火——終於邁入最後階段。

◆◇◆◇◆

『來啦來啦來啦！奎多蘭與法米利昂之戰即將進入尾聲！多虧那群不知分寸的混蛋大鬧特鬧，堂堂奎多蘭首都一半化作沙漠，一半建築物崩塌，形同廢墟！

如今這片荒蕪景象的中央，紫與黑，兩道刀光彼此較勁，火星四散！』

主播布馬搭乘的直升機正下方。

〈落第騎士〉黑鐵一輝。

〈黑騎士〉艾莉絲．格爾．阿斯卡里德。

兩名騎士使出渾身解數，刀斧相向。

『背叛者——〈黑騎士〉艾莉絲．格爾卯足全力，揮動斧槍！斧刃附著龐大魔力，形同炸彈，撕裂、擊碎、橫掃斧刃所及之物！瀝青、水泥、鋼鐵，一切無所忌憚！』

其斧刃所到之處皆無完物，好似龍捲風狂暴肆虐。

這股風暴毀壞了一切，卻無法擊退眼前的這名男人。

〈落第騎士〉黑鐵一輝。

其刀利如電光，與來襲的狂風分庭抗禮。

『〈落第騎士〉也不輸她！〈黑騎士〉的斧槍畫弧成圓，〈落第騎士〉的劈砍卻是連點成線！每一刀劃過最短距離，迎戰〈黑騎士〉的斧槍，迫使斧槍無法發揮十足威力！每當〈黑騎士〉想以力量致勝，他總能巧妙化解對手衝鋒！這種局面已經出現三次啦！』

一輝的連斬極快，艾莉絲只能向後退去。

一輝看穿艾莉絲每一招的起手式，但是甲冑型靈裝〈無敵甲冑〉(Orichalcos)牢牢護住她全身。照理來說，他不可能逼退艾莉絲。

一輝卻辦到了。

第六祕劍——〈毒蛾太刀〉。

滲透勁可以透過袍鎧、武器傳導力勁，摧毀敵人肉體。一輝在這場戰鬥中施展的每一刀，全都附有相同原理的力勁。

一輝的劈砍穿透厚重的鎧甲，在艾莉絲的身軀劃下一道道刀痕。

話雖如此——

『〈黑騎士〉穿的可不是普通鎧甲，而是〈無敵甲冑〉！鎧甲本身蘊藏概念干涉系中的「不屈」之力，以無人能敵的防禦力與治癒能力名震天下！單發〈毒蛾太刀〉可制不了她！〈黑騎士〉隨即重整步調——』

轉而反擊一輝。

她憑藉蠻力，由下而上猛揮巨大斧槍。

斧刃粉碎地面，連帶將瀝青碎塊擊向一輝。

伐刀者全身帶有魔力，不畏一般物理攻擊——但對手換成〈落第騎士〉可就另當別論。

『God damn！〈黑騎士〉這傢伙腦筋動得真快！〈落第騎士〉是F級，防禦力跟普通人沒兩樣！朝尋常伐刀者扔石塊就和撒沙子一樣，不痛不癢。對〈落第騎士〉而言，攻擊力卻等同於霰彈槍！他會被打成蜂窩啊！』

一輝現在剛施展完〈毒蛾太刀〉。

對方瞄準他毫無防備的一瞬間。

他無處可躲。

不過，**這是對普通人來說**。

〈落第騎士〉黑鐵一輝一路走來正是化不可能為可能，才能立於此地！

「——!?」

下一秒，艾莉絲頭盔底下的神情滿布震驚。

石塊霰彈居然從一輝體表輕輕滑開，全數偏離目標。

以最低限度的肢體移動化解一切攻擊。此招名為——

『是〈天衣無縫〉——！沒錯，這男人還有這一招啊————!!』

一輝的〈天衣無縫〉不如天賦異稟的倉敷藏人精準。

但艾莉絲的飛石攻擊並不刁鑽，一輝三兩下便閃避過去。

『〈落第騎士〉閃過石塊，揮刀斬去！〈黑騎士〉眼見攻擊落空，立刻迎戰！戰況重回起點！雙方開打後大約三分鐘！雙方在交叉距離中刀劍相向，一來一往互不相讓！完全陷入膠著狀態!!』

Ａ級對上Ｆ級。

論雙方攻擊力、防禦力、魔力——艾莉絲在各方面能力占盡優勢，卻遲遲無法取勝。

不可能的勢均力敵，出人意表的英勇善戰。

主播見一輝的劍術如此超凡出眾，聲音興奮激昂。

然而，他誤會了——兩人豈止是勢均力敵。

他還不明白。

黑鐵一輝即將展現其真正的恐怖之處。

「唔——」

下一秒，一陣尖銳的鏗鏘聲，雙方拉鋸應聲瓦解。

艾莉絲的斧槍原本與〈陰鐵〉打得難分難捨，如今卻一把向後彈開。

不、彈開的不只是斧槍。

一輝一計上撈砍向艾莉絲的身軀，逼得她大步退後。

『——什麼！剛才那一刀威力也太驚人了！〈落第騎士〉還藏了一手？不對，這難不成是……！』

這名資深主播為了今天的播報工作，重複觀看〈七星劍武祭〉的影片無數次，他馬上就察覺到了。

戰鬥開打已過三分鐘。

換算後為一百八十秒。時間上綽綽有餘。

黑鐵一輝的〈模仿劍術(Blade Steel)〉早已看穿艾莉絲的伎倆！

『是第三祕劍〈圓〉——！將對手的攻擊力道導向自身，反手還擊！他剛才施展的詭譎劍招，可是曾讓那位〈紅蓮皇女〉吃大虧呀——！』

〈圓〉在一輝的無數劍招當中，難度可稱得上名列前茅。

畢竟施展這一招時，自身必須毫無防備承接對手的攻擊力。

所有力道在體內循環之後，奉還給對手。

敵手攻擊時的「速度」、「角度」、「威力」──他一旦錯估任何一項，哪怕只錯估分毫，敵人的力道會在體內瞬間爆炸。

下場當然是「死路一條」。

不過對黑鐵一輝而言，這種假設毫無意義。

他的觀察力形同照妖鏡，能夠完全複製敵人的劍術，甚至是心靈，而且分毫不差。

其名為──〈完全掌握(Perfect Vision)〉。

這才是〈落第騎士〉真正的可怕之處。短短三分鐘的廝殺。艾莉絲不斷揮動斧槍，一輝則是趁機蒐集艾莉絲的情報。招式特徵、出招的時機與方向、靈感、呼吸節奏、思考習慣。徹底掌握艾莉絲這名騎士的一切，絕不放過一絲一毫。

既然如此，雙方絕非勢均力敵。

從這一刻開始──就是黑鐵一輝的拿手好戲！

「哈啊啊啊啊啊啊！！！！」

『〈落第騎士〉在這裡孤注一擲啦！

〈黑騎士〉因為〈圓〉的力道身形不穩。他大步逼近〈黑騎士〉。

看向〈黑騎士〉，她當然不樂見對手逼近，隨即舉起斧槍迎戰！

一彈、又一彈！〈落第騎士〉一刀刀架開斧槍，強硬地拉近距離！』

於是——

『他闖進對手的胸腹之間——！雙方身體彷彿互相緊貼，只有一線之隔！這距離對〈黑騎士〉太不利了！〈黑騎士〉的武器是斧槍（Halberd）！敵人闖進貼身在斧刃另一側，緊靠著自己，她就只能眼巴巴等死了！

〈黑騎士〉自然不願保持極近距離，她一個後跳步，拉開間距！

但是〈落第騎士〉早就預見她的行動，同時前跳！

他彷彿黑影般緊緊纏住〈黑騎士〉，不讓她拉開距離！而這個男人有一項武器，在極近距離中照樣可以進攻!!』

那就是——

「啊呃！」

『以劍發勁！在〈七星劍武祭〉上擊潰〈厄運（Bad Luck）〉的第二祕劍・〈裂甲〉，直接命中！

〈黑騎士〉的鎧甲隙縫吐出鮮血和悶哼，腳步一陣搖晃！

剛才的〈裂甲〉還附著〈毒蛾〉!?竟然能這麼搞啊！

架勢再危險仍能避開任何攻擊！任何距離、任何護甲都不放在眼裡！

這就是〈落第騎士〉！這名超常F級騎士的力量————！！！』

「喝、啊啊！」

艾莉絲當然不會眼睜睜地被壓著打。

艾莉絲四肢使勁，重新調整架勢。

她揮舞斧槍，準備反擊。

然而一輝不許她動上一分一毫。

他手起刀落，在第一步就遏止對手的反擊，肉眼幾乎追不上他的揮刀速度。

於是——

『第七祕劍〈雷光〉的連續攻擊！〈落第騎士〉毫不留手，招數盡出，連擊、連擊、再連擊——!!簡直要把無法動彈的〈黑騎士〉千刀萬剮——！而且出招的速度越來越快！再快！又變快了！還能再——等等等等，這加速是怎麼回事!?』

主播嚇得目瞪口呆。

一輝的速度逐漸加快，最後別說是劍，連他的身形都快得讓人眼花撩亂。

這劍招比〈雷光〉更加迅速。其真面目正是——旭日一心流・烈之極〈天津風〉。

他偷看長兄黑鐵王馬修練，進而學會黑鐵家代代相傳的劍術。〈天津風〉正是其中一招奧義。

這套劍招在悠久的歷史中不斷淬煉，提升效率，誕生出一百零八招套路，透過成千上萬次反覆演練，將劍招烙印在血肉之中，去除思考。純粹依靠肉體所能發揮的最快速度施展劍招，壓制敵手。

一輝以〈電光〉等級的速度施展這套劍招。

將盜取而來的劍術提升到更高的境界。這就是〈模仿劍術〉的精髓。

其名為——

「〈天津電光〉————!!」

「~~~~~~~!!!」

一輝在頃刻之間施放第九十刀到一百零八刀，相疊的刀響宛如落雷，化作巨響撼動路榭爾的天空。

艾莉絲承受如此密集的攻擊，當然不可能全身而退。她的身軀猛地飛向後方，雙腳無力支撐，背部直接倒向地面。

『這、這密集連斬完全命中，太可怕啦————!!!

〈黑騎士〉艾莉絲·格爾難以招架，慘遭擊倒!

〈黑騎士〉以耐打著稱，在A級聯盟比賽中也很難見到她被人擊倒!

這個F級騎士根本強得見鬼啊!

〈黑騎士〉成大字形倒地，血泊逐漸朝四周擴散!

一個人類流出這麼大量的鮮血。一看就知道傷勢嚴重!這場對決這麼早就要定勝負了!?』

© Wor

「喂喂喂，米莉妳看到了嗎？世界第四根本拿他沒辦法啊！」
「啊哈哈……果然，米莉跟大家就算實力再翻個幾倍，都贏不了啦。」
『駙馬爺！你真行啊！』
『一輝太棒了——！』
法米利昂的眾人緊盯轉播。見到一輝以高超劍術技壓〈黑騎士〉，不禁為他大聲叫好。
史黛菈的母親，王妃阿斯特蕾亞也興奮地對身旁的席琉斯說：
「爸爸！一輝應該贏了吧!?」
然而——
「——……」
「爸爸……？」
席琉斯相對於四周的欣喜，表情顯得嚴峻緊繃。
阿斯特蕾亞和席琉斯生活多年，她看得出對方神情有異。
席琉斯並非因為不想讓一輝搶走史黛菈，才耍脾氣不願承認一輝的表現——他是打從心底擔心一輝。
「……這小子的確了不起。孤也不得不佩服……他居然能單靠一柄劍打得如此精采。換作是A級聯盟比賽，或許還能靠剛才的攻擊取勝。但現在雙方是賭上自我決一死戰……這點小傷，恐怕拿不下擁有『不屈』之名的騎士。」

席琉斯說完，艾莉絲幾乎在同一時間緩緩起身。

黑曜鎧甲〈無敵甲冑〉內不再流出一絲鮮血。

〈天津雷光〉並未造成艾莉絲任何損傷。

「騙人……」

「差點被他驚人的劍術給唬過去……伐刀者擁有開拓命運的力量——也就是魔力，雙方的戰鬥等於比拚彼此的命運。〈落第騎士〉與〈黑騎士〉，F級對上A級，兩者的手牌本就無法相提並論。」

累積數以百計的努力，只消一吸一吐的時間，瞬間歸於虛無。

阿斯特蕾亞目睹如此殘酷的現實，忍不住驚呼。席琉斯淡淡對她說道。

眼前的一切不足為奇。

不過就是自然而然發生了應該發生的事，天經地義。

沒錯，黑鐵一輝的現實正是如此。

他明明比任何人都明白自己的困境——

「這蠢貨……！為什麼不讓史黛菈留下來一起對付她……！」

一輝卻選擇獨自留下。他的莽撞令席琉斯雙拳直發顫。

艾莉絲不慌不忙地站起身，動作甚至透著一絲輕鬆。

一輝盯著敵人的行動——

◆◇◆◇◆

「呼……」

一輝深深嘆了一口氣。

（姑且先盡我所能地進攻了。）

他組合了幾種劍招——〈裂甲〉、〈圓〉、〈毒蛾太刀〉、〈雷光〉。

他將現階段掌握的所有技巧，灌注在方才那陣攻勢，沒有絲毫保留。

剛才使出的一連串猛攻，就是他的極限。

（現在卻是這種結果。）

艾莉絲已經完全恢復原狀，連氣息也平穩下來。

反倒是一輝，剛剛的攻勢消耗他一大部分體力。

自戰鬥開始一連串的攻防戰——

（是我輸了。）

無論自己技高一籌，

不管施以再多攻擊，

所有努力都無力傷及敵人，白費功夫。

這股防禦力極具壓倒性，面對任何技巧皆無可乘之機。

純粹的堅硬。

因此堅不可摧。

艾莉絲的能力沒有史黛菈的華麗，也不如珠雫用途廣泛。但一輝十分清楚艾莉絲的強大，她的能力在戰場可說是所向無敵。

再加上她在這場戰鬥中寄予的信念與決心，她的強悍可想而知。

艾莉絲為了守護罪大惡極的弟弟而戰。

自己的行動是多麼罪孽深重？至今幫助艾莉絲·格爾的人們肯定會傷心不已。

她卻決心為夙願獻身。

她的自我（Ego）堅定無比。

祈願之力即為魔法之源。

靈裝（Device）是呈現靈魂的樣貌——現在的〈無敵甲冑〉可說是貨真價實的〈不屈〉。一輝再繼續耍小把戲閃躲她的決心，那些傷害都形同針刺，艾莉絲必定會一再起身奮戰。

一輝經過方才的攻防戰，迫不得已明白了一件事。

自己要擊敗她，等於必須摧毀〈無敵甲冑〉，戰勝艾莉絲的信念。

若要達成這個目的，唯一的可能性——

（——只有那一招。）

自己在〈七星劍武祭〉決賽上打敗史黛菈的那一招。

將黑鐵一輝擁有的技術、力量、信念、歷史，一切的一切灌注於其中，全心全意的一擊。

最終祕劍──〈追影〉。

但動用這招之前有個更嚴重的問題。

艾莉絲看過自己和史黛菈的決賽。這一點十分不利。

〈追影〉需要囤積力量後揮刀，預備動作十分明顯。自己一握住〈陰鐵〉刀身，採取居合斬架式，對方自然有所警覺。一旦隨意出招，下場就是空等〈一刀羅剎〉的反撲。

一輝忍不住蹙眉。沒想到決賽會在這種緊要關頭影響大局，這下難收拾了。

（不過……更糟糕的還在後頭。）

那就是──

「黑鐵一輝唯有動用〈追影〉，才有辦法戰勝艾莉絲・格爾」。除了一輝，另一個人經過剛才一連串攻防之後，同樣對這點了然於心。

「喝啊啊啊啊啊啊啊啊啊──！！！」

下一秒，艾莉絲將震天的氣勢化作吆喝，往一輝使勁踏出步伐。

◆◇◆◇◆

『蓄力一發！這次輪到〈黑騎士〉主動出擊！好、好快！』

艾莉絲踏碎地面，劃開風牆奮勇向前。

她轉瞬之間將一輝納入斧槍的攻擊範圍，武器平舉過背——

『一記橫劈！全力一砍——!!』

她憑藉蠻力劈砍，無心隱藏自己的攻擊軌道。

想當然耳，這一砍劈不中一輝。

他隨即蹲下閃躲。然而——

緊接著，一股衝擊從一輝頭頂掠過，彷彿大砲砲彈一飛而過，直接轟飛身後整個街區的房屋。

『什麼!?這一揮到底有多嚇人啊！一陣風壓就炸爛後頭的民宅！』

艾莉絲見橫劈落空，隨即轉向追擊。

斧刃由橫轉下，直接劈向一輝腦門。

又是一記猛劈。

維持低姿勢的一輝往旁邊一跳——

「——唔。」

腦中頓時**浮現過去的景象**。戰斧砸向柏油道路，道路頓時碎成蜘蛛網狀，直接連同地基震飛路旁民宅。

艾莉絲在卡爾迪亞市一戰中，曾抵擋住〈B・B〉高達三百公尺的軀體重壓。

〈無敵甲冑〉用於攻擊時就是如此驚人。

〈無敵甲冑〉的治癒力並非只用於防禦。任何伐刀者都能釋放魔力做為無色能源，強化自身攻擊或速度，但一般伐刀者只能在不破壞肉體的前提下使用此技術，艾莉絲則否。她可以無視肉體損傷，獲得人身無法達到的力量、速度，以及任何非人哉的行動。

沒錯，她**純粹靠著蠻力推開**〈B・B〉三百公尺高的身軀。

艾莉絲曾以這股力量拯救一輝，如今卻朝著一輝刀刃相向。

膽大如一輝，神情也不由得險峻起來。

這力量如此凶殘，微微擦過就能擊斷骨肉。即便攻擊模式簡單易閃躲，讓對方肆意揮舞未免太過危險。

（必須在她抓到節奏之前擊潰她……！）

「〈天津雷光〉──────！」

艾莉絲即將第三次揮動斧槍，一輝率先行動。

他揮刀施展方才徹底封殺艾莉絲的神速連擊。

一輝在艾莉絲驅動全身關節之前，以連斬徹底干擾她的行動，使之動彈不得。

艾莉絲不會中計第二次。

她滿不在乎地扯斷肌腱，拗折骨骼，動用魔力強行加速，反手進攻。

艾莉絲打算以連續攻擊彈開一輝的〈天津電光〉。

但是──

『喂喂喂！〈黑騎士〉大姊啊，妳來這招不就死定了!!好死不死竟然選擇和〈落第騎士〉拚速度!?』

正如主播所說，一輝的速度技高一籌。艾莉絲即使釋放魔力加速，仍然遠遠不及一輝。

兩人的攻擊瞬間失衡，〈天津電光〉直接封鎖艾莉絲每一個起步動作，使她漸漸難以動彈。

令人目不暇給的密集攻擊必定接踵而來。刀劍聲響宛如落雷。

人人斷定接下來的場面。

──然而，緊接著發生的景象卻令人難以置信。

「!?」

艾莉絲的斧槍開始擊落一輝的〈天津電光〉。

一開始是每五發彈開一發，隨即變成三發彈開一發、兩發彈開一發。

過度強化造成軀體自殘。艾莉絲渾身噴灑鮮血，出招速度卻顯然越來越快。

於是──

『Jesus──！等等等，騙鬼的吧!?她彈開〈落第騎士〉的每一刀〈天津電光〉

啦！速度也追上〈落第騎士〉！不、不只是追上！根本要追過去了！——這種高速，我沒看錯！Shit！〈黑騎士〉還有這一手啊!!』

（她出招了……!!）

一輝和布馬隨即識破艾莉絲異常加速的原因。

這正是「不屈」之力的真面目。

骨頭斷了，能長出更堅硬的骨頭。其能力可使受損的肉體再生，重建更強壯的新肉體，能夠承受更強烈的負擔，**永久累積、提升體能**。這就是KOK．A級聯盟排行第四，〈黑騎士〉引以為傲的殺手鐧，也是唯一的伐刀絕技(Noble Arts)——

「〈強化再生(Regeneration Overdose)〉。」

『慘了慘了慘啦啊啊啊啊！〈黑騎士〉啟動〈強化再生〉展開猛攻！招招鼓足全力！收招又快得不可思議！收斧時奇快無比，簡直無視慣性以及所有物理法則！』

撐破肌肉。

扯斷肌腱。

輾碎骨骼。

即便如此，艾莉絲仍以治癒力壓下所有傷害，勉強維持人形揮舞斧槍。

再加上〈強化再生〉會按照再生次數，永久強化肉體。

她每揮動一擊，便會無止盡地提升速度。

『她的速度徹底超越〈天津電光〉了！〈落第騎士〉已經無力招架！他放棄反擊，只能四處逃竄，避免慘遭猛攻吞沒！戰況轉為一面倒的防守了啦——!!』

然而這場面在所難免。

〈強化再生〉不只強化速度。

同樣提升了攻擊力。

這驚人的力量擦過身，可不是斷根骨頭就能了事。

恐怕只是掃過汗毛毛尖，人體就會連皮帶肉整層掀起。

而現在她以超越〈天津電光〉的次數施展這強勁攻擊，一輝光是閃躲就已費盡力氣，完全沒有餘力見縫插針。

「嘖！小子你待那麼近只會被砍成肉醬！要逃就逃遠點!!」

『一輝！拜託你快退後啊——!!』

席琉斯與法米利昂的人民目睹一輝令人胃穿孔的劣勢，按捺不住放聲大喊。

一輝遠在奎多蘭，當然聽不到他們的吶喊。但他自己清楚目前的狀況，繼續保持近距離太危險了。

他向後跳步，暫時脫離艾莉絲的斧槍暴風圈。

但是——

（休想逃……！）

「──!?」

艾莉絲邁步追擊一輝。

她拉近距離，再次將一輝拖進有效攻擊範圍。

『行不通啊──！〈落第騎士〉逃不出〈黑騎士〉的暴風圈!!他一轉眼又落入敵人手裡!!』

主播哀號連連。但眼前的結果是理所當然。

事實上，黑鐵一輝並非以速度見長。史黛菈、艾莉絲能夠釋放魔力推動身體，論中距離內的奔跑、跳躍速度，一輝原本就遜於她們，他只是擅長讓自己**看起來比較快**。

一輝逃不了多久，又一次捲入密集攻勢之中。

艾莉絲揮舞斧槍產生一道道風壓，開始一點一滴燒焦他的汗毛，撕扯皮膚。

即便局勢如此危急，一輝仍以些微之差識破、閃躲所有攻擊。

（一輝，你很了不起。）

艾莉絲真心讚賞自己的對手。

自己的攻擊**擦過**一分就能取人性命。一輝頂著脆弱的肉身，與形形色色的強敵分庭抗禮，即便曾遭遇挫敗，仍舊一路戰勝到今天。

他的手中，僅有那柄細窄的刀。

這名少年劍士總有一天能夠超越愛德懷斯。

艾莉絲能夠肯定。

然而——

（但是，你贏不了我。）

她也確信了這一點。

畢竟一輝再砍上幾萬刀，仍然動不了艾莉絲半分。他唯有動用贏得〈七星劍武祭〉決賽時的一擊。那跨足魔人領域的一擊，或許有可能傷得了她。但是——

（我無須畏懼。）

那一刀的預備動作（Motion）太明顯了。

事前有所提防，就一定能成功閃避。

對手只要提前得知〈追影〉的攻擊模式，這一招就絕對不管用。

換句話說，黑鐵一輝在這場戰鬥中，已經沒有任何方法能夠擊敗艾莉絲·格爾。

那麼他必輸無疑。

不對，別說是分出輸贏。

雙方實力根本不在同一水準。

而且——

（你自己最明白眼前的事實。）

一輝內心的壓力可想而知。

自己的攻擊完全無效，對手的攻擊掠過分毫就是死路一條。

更何況，艾莉絲每靠著〈強化再生〉揮舞斧槍，力量就漸漸增強。

斧槍旋風摧殘四周，並且無止盡提升速度與破壞力。

戰況一分一秒惡化。

一輝對眼前的現實無計可施。

他被逼入死胡同，想必不斷耗損他的精神力。

一輝現在彷彿踩在懸崖邊緣，極力抵抗〈黑騎士〉的猛攻。艾莉絲每揮出一擊，強勁風壓從頰邊呼嘯而過，漸漸削弱他緊繃的心弦。

一分、又一分，當他的精神力逐漸脆弱——必定出現致命破綻！

「唔——！」

就發生在這一瞬間。

斧槍恣意舞動，地面龜裂、粉碎。

一輝腳下的一部分地面忽然破裂，身體軸心一歪。

艾莉絲絕不會放過——

（就是這裡……！）

這致命的一剎那。

她配合一輝的破綻改變攻勢。

揮出斧槍後不再收回，而是以槍斧「槍尾」直截了當刺向一輝。

一輝無法布下像樣的魔力護壁，艾莉絲不需要用力揮舞就能取他性命。她是為了威嚇一輝，使他心生煩躁，才故意大動作揮斧。她設下圈套，誘使對手露出破綻。

艾莉絲的計謀終於得逞，「槍尾」直入一輝胸口。

「！」

本來應該是如此。

但是結果卻不如她所想。

當「槍尾」些微陷入一輝的胸膛，他的身體在轉瞬間**滾過「槍尾」頂端**，逃向槍柄外側——〈陰鐵〉的刀刃順著迴旋砍入艾莉絲的側腹。

「咕唔！」

『是、是〈圓〉！〈落第騎士〉身陷〈黑騎士〉不斷加速的天羅地網中，仍然沉著地反擊啦——！』

當她確信自己成功取下對手心臟，卻在片刻慘遭反擊。

艾莉絲霎時間腳步不穩，身體彈向後方。

她毫髮無傷。

她的攻擊本就十分簡單，〈圓〉能動用的力量不多。她即便受了傷，〈無敵甲胄〉也會在瞬間修復傷口。

不過——艾莉絲在精神上大受打擊。

（我被他誘導了……）

一輝從遠處凝視著自己，眼眸中毫無慌忙或焦躁。

眼神沉穩鎮定。

艾莉絲見狀，隨即得出答案。

一輝故意在碎裂的柏油路面上假裝軸心不穩。以便誘使艾莉絲出手決勝負，中斷她的攻勢。

（他的心靈、太強悍了……）

他身陷不公平的戰鬥，毫無贏面，心神卻依然專注一致。

主播見到一輝無所忌憚的表現，同樣瞠目結舌。

『哈哈哈！我們在這邊嚇得心驚膽跳，陷入危機的本人竟然冷靜到這種程度，真叫人抓狂！你這混蛋，哪來這麼大的狗膽啊！』

「真沒禮貌。」

主播這話不知是褒是貶。一輝聽了，尷尬地苦笑幾聲。

艾莉絲見狀，更顯錯愕。

他面臨如此危機還笑得出來？

——難不成，他還有其他勝算？

（不能自亂陣腳。）

艾莉絲好歹也是名聞天下的騎士。

她立刻重新握穩內心的轠繩。

究竟是什麼支撐一輝面對這場必輸的戰鬥？他純粹是倔強，還是有其他打算，又或者他真是膽大包天？自己還不清楚原因，但無論如何——敵我仍舊得面對相同的局面。

一輝的任何攻擊都對自己無效，而自己的攻擊對於一輝皆能構成致命傷。這是鐵一般的事實。

既然如此，自己無須動搖。無論一輝的精神多麼堅定，無論他閃躲再多攻擊，自己仍會憑著〈強化再生〉逮到他。

自己必然在這場戰鬥中取勝。

既然如此——

（上吧……！）

艾莉絲第三度高舉斧槍，攻向一輝。

她必須盡快結束這場戰鬥，前去救助弟弟，越快越好。

◆◇◆◇◆

當一輝與艾莉絲激烈廝殺的同一時間。

歐爾・格爾察覺戰局不利，逃之夭夭。史黛菈緊追在後，打算在路榭爾商業區捉住歐爾・格爾。

（果然甩不開她啊。）

歐爾・格爾感覺熱能隱隱燒灼著後頸，表情皺成一團。

商業區的摩天大樓之間布滿絲線，歐爾・格爾踩著絲線，騰空逃竄，速度仍然比不上身負雙翼的史黛菈。

整個奎多蘭已經被指定為戰鬥區域。再這樣下去，就算自己有辦法逃出去，史黛菈早晚會追上自己。

必須設法減低史黛菈的速度。

歐爾・格爾張開五指，操縱魔力編織而成的絲線。

他在四周布下絲線，可不只是做為立足點。

「〈機械降神（Deus ex machina）〉——！」

絲線配合歐爾・格爾的手指動作，拔起整棟大樓、抬起電車、擊碎公寓、收集瓦礫，組成一具高達三百公尺的巨大人偶。

絲線連結而成的瓦礫巨人阻擋史黛菈的去路，磚瓦硬拳由上揮下，像要砸扁一隻惱人的蒼蠅。

不過，史黛菈早在〈七星劍武祭〉場上破解過〈機械降神〉。

純粹質量造成的物理打擊。

這對〈紅蓮皇女〉算不上什麼威脅。

史黛菈不慌不忙，朝上方的巨拳揮動〈妃龍罪劍（Lævateinn）〉。

一斬。

緋紅斬光從瓦礫巨人的拳頭延伸至肩膀。下一秒，劈砍帶來的風壓從劍痕劈裂整條磚瓦手臂，手臂頓時粉碎四散。

史黛菈完全不減速，從巨人的肩膀處直接撞向胸口。

輕易地貫穿巨人而過。

〈紅蓮皇女〉彷彿一顆炙熱砲彈，在胸口開了個直徑二十多公尺的大洞。〈機械降神〉只是以絲線連接瓦礫而成，中央破了大洞，絲線的牽引力頓時失衡，無法維持外型。

坍毀。瓦礫人偶塌成一堆可悲的碎石。

動用如此怪力，卻無法讓史黛菈慢上零點一秒。歐爾・格爾見狀——

「算了，我也沒指望那種玩具能解決史黛菈啦。」

他臉上不見絲毫焦急。

他的目的——就是讓史黛菈毀掉巨人。

「——」

緊接著，翱翔在空中的史黛菈猛然停下。

原因在於——史黛菈全身上下纏滿了絲線。

這才是歐爾・格爾真正的目的。

他讓絲線連接奎多蘭的重心——路榭爾地區的地殼，把絲線藏入〈機械降神〉體內並設定好，在史黛菈摧毀巨人時一口氣纏住她全身。

史黛菈再怎麼力大無窮，也拖不動地殼。

「妳就乖乖待在那裡啦！」

歐爾．格爾以為已經順利拖住史黛菈，打算再次逃跑。

然而——

「煉獄之焰，貫穿蒼天！」

歐爾．格爾才剛轉過身，下一秒——

熾熱驟然灼痛他的背脊。

他距離史黛菈至少一百公尺遠，這股熱能是哪來的？

歐爾．格爾猛地回頭。

只見史黛菈舉起〈妃龍罪劍〉，劍上噴發赤紅烈焰。

火柱如飛龍般升向雲霄。

火焰互相糾纏、交疊、收束、凝聚——最終化作強光。

擎天光劍散發輻射熱能——

（！我的絲線……！）

將之燃燒殆盡。

所有絲線無力抵抗熱能，一一斷去。

史黛菈隨手解開束縛，高舉那柄閃耀如恆星的巨劍——

「燒盡一切！〈燃天焚地龍王炎〉（Calusaritio・Salamander）——————！！！！」

橫劈一劍。

如同描繪遠方盡頭的地平線。

「哇啊啊啊啊啊！」

烈光浪濤迎面而來，歐爾・格爾連忙逃跑。

他利用腳下的絲線彈向正下方。

隨後——光浪席捲整座路榭爾商業區，**直接轟飛**地表八十公尺以上的所有物體，甚至不留半片灰燼。

眾多摩天樓難逃一劫——歐爾・格爾布下的蜘蛛絲亦同。

「鬼抓人玩夠了吧，歐爾・格爾。」

史黛菈冷冷地說，收起雙翼，降低高度。

她翩翩降落在歐爾・格爾面前。而他方才閃避太過緊急，身體直接撞上地面，現在癱坐在地上。

「都是阿斯卡里德做傻事，害我多費功夫。這下看你逃到哪去。」

〈紅蓮皇女〉將略帶焦黑的黃金劍尖指向歐爾・格爾，宣告他的死亡。

這裡不同於方才，儘管歐爾・格爾大聲求饒，不會再有任何人出手相助。

處刑臺的刀刃已經對準了歐爾・格爾。

「啊哈。」

歐爾．格爾面對危急時刻，卻是突然噴笑出聲。

笑意忽然間湧上喉頭。

他聽著史黛菈的宣言，回想起艾莉絲不久前的舉動。

歐爾．格爾自己都未曾料到，艾莉絲居然會選擇保護他。

「啊哈，啊哈，姊姊真的是嚇了我一跳。沒想到她被我整得這麼慘，還會想保護我。她到底在想什麼啊？真是笨死了——」

明明自己曾經那麼殘忍對待她。歐爾．格爾譏笑艾莉絲的選擇。

史黛菈聞言——

「你給我等一下。」

她氣得臉色鐵青。

「**你這混蛋**哪來的臉吐出這種鬼話……她下了多大的決心，付出多少犧牲，只為了保護你……！你難道沒有半點感情嗎!?」

歐爾．格爾聽了，歪了歪頭——

「我當然有感覺呀——她那麼好玩。」

嘴角幾乎勾上耳際，露出猙獰的笑容。

© Won

「妳想想？情同骨肉？還是叫做手足之情？這東西真不可思議。我用〈提線人偶〉隨意殺人的時候，姊姊透過絲線回傳的感覺最令人舒暢了。我們果然是家人啊。可是她現在沒了絲線的命令，卻能做出那種選擇……姊姊真的和以前一樣，最溫柔了。溫柔到這種地步，我簡直想測試一下，看看她到底多喜歡我了呢，啊哈。」

「人渣……」

史黛菈氣得咬牙切齒，過於激憤的狂怒幾乎令她痛苦。

歐爾．格爾仍然愉快地嗤笑：

「嗯，我也這麼覺得喔。」

他張大汙濁的雙眸，贊同史黛菈。

「用不著妳說，我自己最清楚了。我很奇怪，只能靠著別人的痛苦、悲傷取樂，根本異常到極點。

可是我以前也很努力了呀。我知道絕對不能讓別人知道自己的真面目。我拚了命地裝成普通人。小心翼翼地看大家臉色，以免被大家討厭，不讓其他人覺得我很詭異。所以村裡的人都非常喜歡我。我得過很多獎，總是當上學校的班長，還拿過超多情書。爸爸媽媽都以我為榮。甚至全村會一起幫我慶祝生日。我很厲害吧？大家都是真心祝我生日快樂，我也像這樣笑咪咪的──

──可是這些事根本一點也不快樂。

我應該要很高興。我也知道自己必須覺得開心，但還是開心不起來。明明不高興、不快樂，卻還要裝得很開心、很愉快——**就像這樣子**。妳知道這麼做有多噁心嗎？妳能體會這種感覺嗎？」

「你……」

「啊哈，我有點說太多了。」

歐爾．格爾說完，放開原本勾起嘴角、**做出笑容**的手指，站起身。

他起身凝視著史黛菈。

「仔細想想，現在只有史黛菈一個人追過來而已。我的確很難同時對付妳和姊姊兩個人，但是只對付妳一個人，我就沒必要逃得那麼認真嘛。」

歐爾．格爾彷彿展翅一般，緩緩舉起雙手，張開五指。

〈傀儡王〉擺出了戰鬥預備動作。

史黛菈見狀，雙手扭擰劍柄，重新握緊〈妃龍罪劍〉。

「你還真瞧不起我了。」

「是史黛菈太看扁人了吧。」

「光會耍嘴皮子，明明剛才還在抱頭鼠竄。」

史黛菈斜眼看向歐爾．格爾的披風，譏道。他剛才連滾帶爬地逃命，披風處處沾滿塵土。

但史黛菈誤解了兩人的對話。

歐爾・格爾糾正道：

「啊哈，我又不是說妳看扁我——妳看扁的是我姊姊啦。」

「你說什麼？」

「我還真沒想到妳會留一輝單獨對付我姊姊，一個人追過來。這樣好嗎？他……死定了呢。」

史黛菈聞言，神情明顯嚴峻了起來。

「……一輝很強。」

「我知道呀。他的確很強，換成我大概贏不了一輝。但那是因為一輝的劍術對我有效喔。只要『砍得了』對方，我看一輝甚至能贏過神呢。他就是這麼厲害。」

不過——

「姊姊就不一樣了。姊姊根本就『砍不倒』。無論一輝劍術多麼神乎其技，他的攻擊手段終究只有『斬擊』，他怎麼可能贏得了一個『砍不倒』的對手？」

「…………」

「他們開打之後過了好一段時間了呢。搞不好再一下子，主播就會播報比賽結果，說一輝死翹翹了。是十秒後？也可能只剩五秒喔。妳看看！妳是不是該馬上掉頭回去？啊哈，不過——我是不會讓妳回去、啦!!」

下一秒，歐爾・格爾率先行動。

他的右手如鞭子般甩動手腕，以五指伸出的絲線劈砍對手。

五條斬絲劃過天際。

絲線細緻鋒利，無聲無息地攻向史黛菈。

肌肉撕裂，血霧飛散。

他的攻擊當然不只一擊。

歐爾·格爾輕巧轉身，左手隨即施展第二擊。

「少瞧不起人了！」

「……！」

但他並未成功連續出擊。

史黛菈故意以手臂抵擋斬絲，手指捲起、握緊絲線，牢牢捉住了歐爾·格爾。

她語氣堅定地反駁歐爾·格爾的挑釁。

「你說得沒錯，一輝不適合對付阿斯卡里德，但是一輝一定會贏。因為他和我約好了——他一定會活下來。」

連史黛菈都看得出一輝難以克制艾莉絲，一輝當然明白自己的處境。

但是他還是獨自擔下那場戰鬥。

——那個男人言出必行。

換言之，他有把握取勝。

史黛菈不明白那是什麼。

歐爾·格爾也不知道。

艾莉絲更不會知道。

恐怕在世界上……只有他一個人能尋出那條活路。

「既然如此——我相信他。」

自己信得過他。

他絕對會遵守兩人在決戰前夕，以吻定下的承諾。

史黛菈對上〈饕餮〉一戰時，一輝始終相信失去自信的史黛菈．法米利昂，所以自己也想像他一樣。

無論對手對他多麼不利、不管勝算是否微乎其微——

他一定會打贏敵人，存活到最後——

——妳的身邊就是我的歸處，只有在這裡才能緊緊把妳抱在懷裡。我才不會把這個位置交給任何人。

然後遵守諾言，再一次全力擁抱自己。

這一點也不難。

黑鐵一輝總能展現他的強大，他值得自己信賴！

「我再說一次——少瞧不起人了。

現在對付你姊姊的那個男人，絕對是世界上最不服輸的傢伙。

根本用不著我擔心，也沒有必要擔心他。

一輝一定會守約。

所以我只要做好我該做的事。

身為法米利昂皇女，隸屬〈聯盟〉、守護無力之人的〈魔法騎士〉——

〈傀儡王〉歐爾．格爾，我只要宰了你就夠了!!」

史黛菈強硬地宣布，左手使勁拉過絲線，硬生生扯過歐爾．格爾的右手。歐爾．格爾身形一時不穩，她的右手隨即舉起大劍，揮向敵人。

大劍目標就是歐爾．格爾的脖子。

這一劍比以往更強、更快。

歐爾．格爾隨口幾句，不可能動搖兩人之間最愛與最強的羈絆。

並且——

正是這份堅定不移的信任決定這場戰鬥的走向。

◆◇◆◇◆

『倒戈到奎多蘭的〈黑騎士〉與〈落第騎士〉之戰。開戰之初勢均力敵，然而當

〈黑騎士〉拿出真本事，使用她爬上世界第四的伐刀絕技——〈強化再生〉，戰況開始呈現一面倒。〈黑騎士〉每經過一次攻擊就變得更強，〈落第騎士〉對此只能一個勁地逃命，撐過一個個危機時刻……！』

主播如此評斷兩人的死鬥。

不過，他對於法米利昂隊伍的評語可說是極力斟酌字句。

原因在於，一輝早已無力徹底閃避對方的攻擊。

艾莉絲全力揮動斧槍，不存在任何收招空檔。斬擊透過〈強化再生〉，以加速度的速率不斷提升威力與速度，現在只靠風壓就能刮削一輝的皮肉。

一輝憑著〈完全掌握〉與高超體術一一化解斬擊，卻無法完全閃避風壓。衣服綻裂，全身各處滲血，氣喘吁吁。

他的體力顯然所剩不多。

『……看他這模樣，遲早會被打敗啊……』

『黑鐵一輝，夠了！快棄權——！』

『你已經盡力了呀！』

『你再繼續硬撐真的會沒命啊!!你沒必要為了法米利昂，連命都丟了！拜託你快點棄權啊——!!』

不知從何時開始，加油聲變成了哀號。

所有守候戰況的人們早已明白，一輝無力招架艾莉絲的猛攻，只能極力保住自己的性命。

他們雖然拚了命聲援他，但這場戰鬥早已和一場必輸的足球賽沒兩樣。

再繼續維持現在的戰況，一輝早晚會落入敵人手中。

那一刻恐怕近在眼前。

所以他們死命吶喊著，希望他快點逃跑。

即便如此——

「哼!!」

『他在千鈞一髮之際，以刀柄接下劈砍！借用〈黑騎士〉的力道，順水推舟向後退！他又一次逃過攻勢，保住一命！〈黑騎士〉藉由〈強化再生〉累積強化，**每一個舉手投足的速度早已超過〈電光〉**！〈落第騎士〉仍舊死裡逃生！他身在死胡同裡，專注力卻始終不減！靠著〈完全掌握〉識破每一個生死關頭!!在死亡邊緣不斷掙扎！究竟是什麼讓這傢伙搏命抵抗!?』

即使戰況如此危急，一輝依舊鬥志旺盛。

他為什麼不放棄？為什麼打得下去？

主播完全摸不著頭緒。

法米利昂的人民同樣不明白。

不過——

艾莉絲隨後終於察覺他的「動機」。於是——

（我、上當了……！）

她頭盔底下的臉色頓時慘綠，渾身戰慄。

她畏懼什麼？當然是畏懼眼前的少年。

目前的戰況再繼續下去，艾莉絲遲早會逮到一輝，並且一招了結他。

主播和其他人的判斷並沒有錯。

依照艾莉絲估算，最快頂多再拖十分鐘。

再過十分鐘，〈強化再生〉增強的實力就會超出一輝的能力範圍。

自己的確能戰勝他。

這是鐵錚錚的事實。

然而——

誰都不能保證，**歐爾·格爾面對〈紅蓮皇女〉能夠活過十分鐘**。

「……！」

不可以。

艾莉絲的勝利條件可不是打敗一輝，而是拯救歐爾·格爾，保護她的弟弟。

萬一歐爾·格爾死了，她就算在十分鐘後贏過黑鐵一輝又有什麼意義？

到時她等於是戰敗了。

但她即使貿然進攻，一輝肯定會逃到最後一刻。

艾莉絲背叛所屬陣營，當下就已經被視為犯規，失去代表資格。〈沙漠死神〉害得〈聯盟〉失去兵力，無力介入戰爭，所以他們並未出手逮捕艾莉絲。然而，即便艾莉絲存活，歐爾・格爾一旦戰敗，法米利昂就能取得最後勝利。

換句話說，這場戰爭的趨勢早已和艾莉絲無關，他不需要逼自己擊敗艾莉絲。

所以一輝不會勉強自己，他會繼續拖延時間。

她若想提早決出勝負，只有一個辦法。

一輝在〈七星劍武祭〉決賽中展現的居合斬。

那是一輝擁有的招術中，唯一有辦法戰勝〈無敵甲冑〉，跨足魔人領域的一擊。

自己必須迫使一輝捨棄一切退路，動用那招居合斬一決勝負。

──〈落第騎士〉黑鐵一輝正是看準了這一點。

只論兩人實力，〈落第騎士〉和〈黑騎士〉哪怕再戰上百回，仍是必輸無疑。畢竟雙方靈裝相剋，〈黑騎士〉又事先得知居合斬的情報，兩人的對決只有一個結果。

然而只有實力無法決定一場戰鬥的走向。

戰鬥的外在「狀況」同樣十分重要。

艾莉絲想要幫助歐爾．格爾。

一輝則是深信著史黛菈。

雙方信任的深淺不同，使艾莉絲多了一分焦慮。

這份焦慮隨著時間經過逐漸加重，激發那可能性等同於零的**必然**——艾莉絲捨棄「必勝」的長時間戰鬥，轉而挑戰「平分秋色」的短時間決戰。

黑鐵一輝打從一開始就看穿一切。

自己對上艾莉絲唯有「敗北」一途。他卻**只限於這場戰鬥**的唯一勝機！

『〈落第騎士〉利用〈黑騎士〉的劈砍，順利拉開距離，但對方馬上就拉近距離！再次落入敵方的猛烈攻勢！他唯一管用的速度已經完全追不上〈黑騎士〉！〈落第騎士〉已經無路可逃！他再打下去真的要葛屁啦!?』

艾莉絲聽見主播的慘叫，不由得苦笑。

無路可逃？

他說什麼傻話。

現在真正退無可退的人，其實是自己。

一輝自從〈強化再生〉啟動之後，始終維持守勢，從未主動攻擊，甚至沒揮上任何一劍。

自己單方面地進攻，單方面地追擊一輝。

然而在不知不覺間，自己的腳卻踩在擂臺邊緣。

宛如一場惡夢。

（我從來沒見過有一名騎士，能如此專注於**取勝**……！）

無論面臨何種死境，屈居下風，絕對能從中找出勝機，並且使盡渾身解數掌握唯一的活路。

他的不服輸簡直令人毛骨悚然。

但是——這一點也不意外。

〈落第騎士〉的每一場戰鬥，從不存在任何優勢。

身懷最弱的資質，但絕不放棄自我。他抱持這份決心踏上騎士之道。

不可能、不合理、沒意義。他絕不屈服於失敗，投身於一場場必輸之戰。

他拚死戰鬥——並且贏到最後一刻。

艾莉絲現在面對的敵人就是如此棘手。

自己絕不可能輕易戰勝他。

艾莉絲心知肚明。

（到底、該怎麼辦？）

自己該相信弟弟能活過這十分鐘，繼續維持現在的戰鬥方式，直到〈強化再生〉超越一輝？

或者，主動踏入敵人的陷阱，只為盡快趕到弟弟身邊？

她冷汗直流，仔細思考——

「————」

艾莉絲靜心思考，馬上就得出答案，速度快得令自己嚇一跳。

『喔喔!?這是怎麼回事!?〈黑騎士〉以〈強化再生〉占盡優勢，以一面倒攻勢將〈落第騎士〉逼入死境，此時她卻忽然停手，向後跳步！她自己拉開距離了!?』

弟弟誕生的那一天。

那一晚，自己第一次握住他的小手。

自己暗自心想。

自己願意交出一切，只為守護這份溫度。

但是自己沒能保護他。

直到弟弟犯下凶案之前，確實存在一段安穩的時日。他或許……曾在那段日子拚命抵抗自己內心猙獰的詭異衝動，自己身為姊姊，卻沒能讓弟弟敞開心房，傾吐心中的醜惡。

自己就這麼放他一個人苦惱、奮戰。

最後，引發了那場悲劇。

自己不想——再讓他孤零零一個人。

自己將會在弟弟身旁陪伴他，緊握他的手。

陪他一起度過許多日子，吃著一樣的食物，告訴他，他並不孤單。

假如世界無法容許他們存活，自己就與全世界為敵。

哪怕人人怨恨自己、輕蔑自己，自己都要為了唯一的家人而戰。

然後，希望有一天……兩人未來度過的日日夜夜裡，自己有一天能在他的心中點燃溫暖的火苗，將自己第一次感受到的溫情送進他的內心——

（我不需要更多，這份心願就是我的一切。）

那麼，自己毋須煩惱。

不管敵人準備了任何陷阱。

信念即為魔法之力，足以改變任何命運。自己心中火熱的願望，絕不輸給任何人、任何事。

（我的〈無敵甲冑〉能夠抵擋一切，儘管來吧！）

『〈黑騎士〉放棄猛攻，拉開間距！她將斧槍高舉過頭，全身迸發魔力！她釋放今天最劇烈的魔力光芒！她終於準備一決勝負了——!?』

（來了……）

黑鐵一輝見艾莉絲改變步調，隨即肯定。

艾莉絲放棄十分鐘後的絕對勝利，決定配合自己速戰速決。

她會自己深入虎穴。

明知陷阱就在眼前，她仍為了拯救親弟弟，卯足全力，邁步向前。

——一輝不認為她錯了。

她以騎士的身分，歷經千辛萬苦，最後得出了答案。

（……她真的非常堅強……）

一輝心想。

自己早已發現這一點，艾莉絲理所當然心裡有數。

〈強化再生〉每治癒一次，將會永久累積至今強化的身體能力。這份無與倫比的能力——存在一個**致命缺陷**。

但是，她毫不在乎。

一切只為守護一個人。

她不惜付出自己的所有。

現在這一刻亦是如此。

自己能否贏過她——贏過這份過於龐大的愛情與信念？

（當然能贏……！）

一輝拋開心中若隱若現的懦弱。

自己也有必須守護的人們。自己更向深愛的少女許下承諾，絕不能食言。

一輝相信自己的堅持不會輸給任何人。他激勵自我，面對艾莉絲。

自己的決心全都灌注在〈陰鐵〉上。一輝握緊刀刃，扭轉背脊，背部幾乎扭向艾莉絲，擺出居合斬的架式。

艾莉絲配合一輝的動作，用力朝他邁進一步。

不思考退路，不考慮敗北。抱持強悍的意志，只管前進、走向未來。

一輝隨即施展殺手鐧——〈一刀羅剎〉。

全身頓時噴散青藍魔力光芒，宛若焰火。

但他不讓火焰散失。

他在愛德貝格學會如何控制魔力。他將熾烈魔力壓入體內，讓魔力徹底作用於自身肉體，以備下一瞬間的交手。

兩條無法並行的騎士道在此交錯。

彼此心懷互不相讓的意志，彼此碰撞。

只有其中一人——能夠邁向未來。

「喝啊啊啊啊啊啊啊啊啊————！！！！」

「喔喔喔喔喔喔喔喔喔喔喔喔————！！！！」

〈落第騎士〉與〈黑騎士〉最後的較勁就此展開。

◆◇◆◇◆

一輝對上艾莉絲。按照原本的戰鬥模式，一輝逃跑，艾莉絲追逐，時間會拖得非常長。此時雙方決定將命運託付給自己最信任的能力，速戰速決。

一輝自然是率先出手。

艾莉絲的攻擊範圍即將觸及一輝之前，他主動跨出一步，將其納入刀劍的距離之中。

他接下來施放的招術，正是在〈七星劍武祭〉上擊敗史黛菈的居合斬。

施展這招居合斬需要複數條件。

其一是〈一刀羅剎〉。

屏除一切雜念，將身體強化至極限，只為將全力灌注在一瞬之間。

其二是居合斬的成因。

以左手緊握刀刃，把另一個層次的速度與力量積存於刀上。

最後則是——對手必須主動朝自己而來。

對手朝自己出招，雙方同時交會。對手的力量加諸於斬擊之後，這一刀才終於得以成就黑鐵一輝的「極致」。

因此，這一招非常難以施展。

艾莉絲早已掌握以上三種條件。

畢竟她曾在〈七星劍武祭〉決賽裡見過這一招。

這招式的預備動作極大，在艾莉絲做足準備的情況下，實在難以達成施招條件。

但是一輝推翻了這個前提。

他絞盡腦汁，使盡渾身解數，掌握只存在於這一戰的勝算，成功逼迫艾莉絲攻向施展〈一刀羅剎〉的自己。

如今已滿足所有條件，〈落第騎士〉得以動用自己最強且最快的一擊。

另一方面，〈黑騎士〉艾莉絲．格爾．阿斯卡里德則是預備後攻。

她高舉斧槍，暴露軀幹，彷彿故意讓人瞄準弱點。

她早有心理準備，知道對手必定會奪得先機。

〈紅蓮皇女〉平時只靠失散的魔力就能刀槍不入，更別說全力防守有多堅不可摧。但這招居合斬竟能將其防守化作無物，攻擊力凌駕一輝至今的所有招術。

堅硬如〈無敵甲冑〉可能也無法全身而退。

先不說其他人，她自己可是擁有聯盟旗下最強的防禦力。

她絕不會輕易讓一輝一刀兩斷。

即便無法徹底彈開攻擊，總是能拖住刀鋒。

艾莉絲斷定，能做到這點便已足夠。

只要使刀鋒遲上零點一秒，自己的斧槍就足以在瞬間劈開一輝的頭頂。

最後必定是自己獲勝。艾莉絲將不屈信念寄託在〈無敵甲冑〉，擺出架勢，準備接受一輝的全力一擊。

究竟是鋒利的〈陰鐵〉撕裂〈無敵甲冑〉？

或是堅韌的〈無敵甲冑〉接下〈陰鐵〉？

最強之矛與最強之盾激烈衝突，其結局——

——早在衝突之初就已成定局。

「————」

原因在於這場戰鬥、這次交會，其中一個人犯了致命錯誤。

犯錯的人，正是〈黑騎士〉艾莉絲·格爾·阿斯卡里德。

她認為一輝的居合斬著重在速度。這神速一擊甚至能棄影子而去，自己不可能搶先一步。於是她選擇後攻。

她的失誤就在於這個選擇。

她誤判這招居和斬**真正的特質**。

這一刀絕非純粹的快速且強大。

在萬全準備之下，把所有技巧、多年淬鍊的肉體、培育至今的意志一次釋放。

這是他現階段最頂尖的一刀。

換句話說，它是黑鐵一輝這名人類——不、這名〈魔人〉(Desperado)的集大成。

艾莉絲必須思考其真正的意義。

他無論何時何地，總能擊敗那些不可能戰勝的對手。

任何不利、不合理都不放在眼裡，橫掃一切，一路贏了過來。

如此不服輸的男人在萬無一失的狀況下，施展這一擊。

那麼——他必能得手。

沒錯，此招一出，**絕不存在任何後續**。

任何方法都無法阻卻這一刀。早在刀刃滑出的剎那，他烙印在世界上所有不可能的勝利，這些歷史結合〈魔人〉強勢主導因果的〈引力〉，凝聚穩固的因果線，將結果烙印於世界。至今為止的一**切過程僅是拋在後頭的陰影，再如何追趕早已確定的因果，都徒勞無功**。

這一擊擁有命運的絕對決定權，在刀起之時凝聚「斬成」之因果。

一個男人不斷披荊斬棘，戰勝無數失敗，最後抵達的終點，名為「斬斷」的概念。

這正是——

「最終祕劍——〈追影〉。」

它的真面目。

◆◇◆◇◆

斬斷命運，這才是〈追影〉真正的特質。

當艾莉絲察覺這一點，〈陰鐵〉早已如同撕裂雲霧，暢通無阻地滑入〈無敵甲冑〉，筆直砍進自己的軀體。

刀鋒連同因果劈開了〈無敵甲冑〉，鎧甲從刀痕龜裂，化作黑塵逐漸散落。

咳呵。

艾莉絲輕咳一聲，血塊從唇瓣滑落。

她的膝蓋隨之脫力，身體一陣搖晃，倒向前方。

但是她並未倒地。

一輝微微向前一步，輕柔地接住了她。

「我贏了。」

艾莉絲無力地癱軟在一輝肩上。他嚴肅地對艾莉絲宣布。

這就是兩人打鬥的結果。

「…………嗯……」

「——啊……」

艾莉絲微微點頭，接受這個結果。

一輝造成她腹部撕裂傷，深入脊椎。

大腸已經斷成數截，不可能正常運作。

然而——

她在戰鬥中對自己施加〈強化再生〉，伐刀絕技的副作用才是她的致命關鍵。

凡事過猶不及。艾莉絲的肉體已經過度強化，早已過了極限，失去〈無敵甲冑〉便無法維持肉體運作。

當她喪失〈無敵甲冑〉的治癒力，肉體便開始自毀。

自身的脈搏炸開內臟，張力扯斷肌肉；為了驅動過強肉體產生過高血壓，開始摧毀腦部組織。

艾莉絲的肉體恐怕只剩外表還維持人形。

而她的傷勢……就算搬出〈再生囊(Capsule)〉也治不好。

〈強化再生〉會擁有累積身體強度，當然無法治癒。

艾莉絲已經無法以意識解除強化。

肉體早已變質，再多的治療都無法阻止肉體自毀。

換句話說……她已經回天乏術了。

艾莉絲早就明白自己的下場。

她親手將自己送上通往地獄的單程火車。

她明知故犯，持續使用〈強化再生〉……全是基於親情。

然而，她走到了盡頭。

──她要死了。

艾莉絲深知，自己無法迴避這個結果。

（我在、發抖……）

艾莉絲忽然間發現，自己的身體隱隱顫抖。

是因為恐懼？

她背叛夥伴，背叛養母，任意妄為到極點，現在還畏懼死亡？自己簡直是無藥可救。

艾莉絲打從心底鄙視自己。

不過，她馬上就察覺不對勁。

──她不可能發抖。

這具身體已經死了，不存在任何力氣顫動身體。

她最清楚自己的身體狀況。

那麼，原因為何？

答案不言而喻。

顫抖的人並非艾莉絲，而是支撐著她的一輝。

「…………」

若非觸及皮膚，旁人恐怕難以察覺這陣顫動。

艾莉絲隨即發現，這是一輝強忍在心的哀慟。

當然了……一輝眼見他人的死，怎麼可能淡然處之？

更別說是他自己一手造成艾莉絲的死。

一輝或許根本不想參與這場打鬥。

向曾經的夥伴刀劍相向，這對他來說是何等的痛苦。

即便如此——

（他明明這麼痛苦……卻還是陪我任性一回……）

自己抱持著天地不容的心願，一輝卻不譏諷、不唾罵，以騎士的身分全力以赴——盡力對付自己到最後。

而現在也……

他絕不吐露一句悲嘆。

只以漠然的語氣宣告戰果。

一輝很清楚，親手斷送他人還面露哀傷，對敵手太過失禮。

但是他的努力實在令人不忍。

（快點、動啊……）

不可以。

她不能利用這名優秀少年的強悍與溫柔，自己厚顏無恥地解脫。

不能讓他承擔自己的死。
她絕不容許──自己濫用他的善良。
艾莉絲絞盡最後的力氣。
她甚至動不了一根手指，卻從身體各處搜刮最後一點力量。
接著，她總算吸進一口氣──
「一輝……」
組織了字句。
「你可以……忘了我、沒關係……………」
她的嗓子嘶啞無力，語不成聲。
幸好艾莉絲現在倚靠在一輝肩上，話語傳進他的耳中。
不需要為自己感到愧疚。
就這麼將自己的一切拋諸腦後，無所謂。
艾莉絲主動為他劃清界線──
「我不會忘記妳。」
一輝卻果斷拒絕了。
他舉起手，撫上艾莉絲的後腦勺。
「日後想必有許許多多的人批評妳、辱罵妳，歷史……甚至會將妳塑造成一名大惡人。但我一定會記得妳。

妳非常溫柔。

妳不惜與全世界為敵，只為盡力拯救唯一的親人。

我親手打敗這麼一名厲害的騎士。

我會牢牢謹記這一切。

將所有痛苦注入劍中──繼續走在我所選的騎士道上。」

他答道，並且輕柔地擁住艾莉絲，彷彿在撫慰她似的。

「──────」

實際上……艾莉絲已經聽不到一輝的回覆。

她的聽覺毀壞，雙眼失去光明。

她什麼也看不見，聽不到任何聲音。

然而，溫度緊緊圍繞艾莉絲逐漸冷卻的身體。她知道。

這名少年不會忘記自己。

這對艾莉絲來說……絕非值得喜悅的事，但──

「……謝、謝………」

她呼出最後的氣息，自然而然道出感謝。

自戰鬥開始之前，她始終將這句話深藏心中。

因為她在最後的最後，只想向少年說出這份道不盡的感謝。

「——」

艾莉絲說了話，意識再次轉向自己的身體，暗自心想。

（……原來、我這麼累了……）

身體已經不留一絲活力。

根本抬不起眼瞼、無力呼吸。

死亡。

她徹底明白了。

這次入睡之後，自己不會再醒來。

她面對即將來臨的死之夢鄉，內心沒有絲毫抗拒。

她感受到的只有舒暢。她終於可以入睡了。

仔細一想……自從那場慘劇以來，自己不曾安穩入眠。

她一閉上眼，就會重回那間染血的教堂內，不斷殘殺父母、好友。

艾莉絲・阿斯卡里德將之視為自己的罪，只為殺死弟弟，為親友報仇雪恨；艾莉絲・格爾卻在最後一刻回想起自己真正的心願，為了那雙小手，誓言奮戰到底。

她的兩種人生全都以失敗告終。

但她盡力了。

是他讓自己卯足了全力。

她能肯定，自己做到了。

所以——

（對不起……姊姊努力過了……可是，還是……贏不了他……）

〈黑騎士〉艾莉絲·格爾·阿斯卡里德接受自己的結局。

她最後的神情安詳平靜，如同在暖陽下靜靜沉眠。

◆◇◆◇◆

『決出勝負啦————！！！』

兩人交錯的瞬間！制霸〈七星劍武祭〉的居合斬——〈追影〉，一個手起刀落——!!

將準備下殺手的〈黑騎士〉連同〈無敵甲冑〉開膛剖腹——!!

〈黑騎士〉叛逃導致的戰外戰，由〈落第騎士〉黑鐵一輝以毫釐之差獲勝啦——————！！！』

主播見證下方戰鬥結果，喜悅地高聲吶喊。

『〈黑騎士〉一動也不動，〈落第騎士〉現在讓她橫躺在地，似乎在弔祭她。

〈黑騎士〉死了嗎？這裡暫且派出了醫療小組，但感覺應該沒救啦。

就算現代醫療進步，也沒辦法救回死去的人。

但是！這笨女人背叛了〈聯盟〉，跑去站在〈傀儡王〉那一邊，現在也沒必要同情她啦！雖然途中讓我們嚇破膽好幾次，不過〈落第騎士〉，你幹得好啊！』

不僅是主播大力稱讚。

法米利昂的人民透過轉播守候戰爭，此時也紛紛大聲叫好。

『太、太好了……！一輝贏了！』

『這仗真是讓人看了心驚膽跳……一時之間還真以為他要不行了。』

『真是的，不要太勉強自己呀！』

眾國民慶幸著一輝平安無事。

然而——只有席琉斯看完戰鬥始末，無言以對。

（……這傢伙、到底怎麼回事……）

他是戰士，自然看得見比國民更深一層的境界。

方才主播說艾莉絲打算下最後的殺手。

但是席琉斯很清楚——她原本不可能選擇這麼做。

〈黑騎士〉只要繼續一步步進逼，她的勝利便無可動搖。

她根本不需要冒險，只求快速取勝。

但是艾莉絲還是耐不住性子。

是一輝**逼她冒險**。

他一開始就已經識破了。艾莉絲急於拯救歐爾．格爾，當她的焦躁到達顛峰，這場必輸之戰才會浮現僅存於此戰的活路。

他甚至是早有算計，才讓史黛菈去追擊歐爾．格爾。

一輝自戰鬥開打之前，就已經布下戰略的細絲，牢牢捆住〈黑騎士〉。

（毫釐之差……？這哪是毫釐之差……）

表面上，〈落第騎士〉的力量的確遜於〈黑騎士〉，最後也是驚險取勝。

但事實上正好相反。

這一戰自始至終，全在一輝的戰略之中。

過程如他所想，並迎來預料中的結果。

根本不存在一絲風險。

他確實戰勝了世界排行第四的騎士，而且實力無可挑剔。

這場戰鬥的真相正是如此。

這一點──明白的人自然會明白。

〈聯盟〉內赫赫有名的眾騎士就在遠處觀戰，日後也會有眾多強者透過影像紀錄觀看戰鬥。

一輝原本只是擊敗〈紅蓮皇女〉的超新星。他藉由此戰，評價頓時升級成足以代表〈聯盟〉的強大騎士。

於是，不知何時，不知出自何人之口，一輝漸漸多了一個新稱號。

〈落第騎士〉。

〈無冕劍王（Another One）〉。

〈七星劍王〉。

他至今擁有數個稱號，而這個稱號將會伴他走過人生的大半路途——

〈劍神〉黑鐵一輝。

◆◇◆◇◆

主播、法米利昂的人民正為一輝的勝利雀躍不已，勝者本人卻沒有絲毫喜悅。

艾莉絲平躺的身體染滿鮮血。一輝拿起手帕，希望至少將她的臉龐擦拭乾淨。

接著，他望著艾莉絲安詳的表情，思索著。

「……謝謝？」

艾莉絲最後確實這麼說了。

……為什麼？

眼前的男人殺死了自己，更要殺死她想保護的人。她為何要道謝？

一輝不明白。

他可以推測。

但推測終究只是自我中心的妄想。

他得不到真正的答案。

這個問題……已經永無解答。

「唔、嗚……～～～～～～～～！！！」

這就是死亡。

這就是殺人。

這股感受如同沸騰的岩漿，灼燒著體內。

他在走上騎士道時，早已做好殺人的決心。如今這份決心出現裂痕，可悲的嗚咽即將脫口而出。

一輝極力壓抑內心的哀號。

他若是敗給這份痛苦，緊繃的意志力肯定會直接中斷。

現在……還不到鬆懈的時候。

戰爭尚未結束。

他已經耗盡所有魔力與體力——但是他還有方法繼續作戰。

現在的史黛菈不會輸給歐爾．格爾，但是自己還能戰鬥，就得繼續參戰。

「———」

一輝撐著〈陰鐵〉，雙膝跪地。

〈二刀羅剎〉一天只能動用一次，一發動便會直接燒盡所有氣力、魔力。

不過這次反撲造成的肉體自毀，比〈七星劍武祭〉或〈雷切戰〉的時候輕微許多。

一切都要多虧愛德懷斯提供的修行。

他加強了魔力控制，使伐刀絕技更有效率作用在身體上。因此他不再需要一次強化全身，能夠集中強化需要的身體部位，連至今造成肉體多餘傷害的能量，都能集中到劍上。

身體還能動，現在自己只消恢復體力。

既然一輝能自由操控自身肉體，**強迫身體增加體力**也並非難事。

一輝將意識散向血流，循環全身。

命令身體產生「自噬作用（Autophagy）」。

這項生理機能原本是處於飢餓狀態下，分解自身肉體，緊急生產足夠生存的最低能量。一輝主動且過剩激發自噬作用，犧牲最佳狀態的體格換取體力。

還需要五分鐘，就能生產足夠再次投入一戰的體力。

雖然他拿空蕩蕩的魔力沒辦法，但這麼做至少還能活動。

一輝再次望向地上的艾莉絲。

「……我不會道歉。妳愛護妳的弟弟，而我也有珍惜的人。」

他留下這句，閉上眼，將注意力集中在自身的肉體上。

只為投身下一場戰鬥。

第二十三章

法米利昂的怒火

『醫療小組剛才回報，正式確認〈黑騎士〉已經死亡！看來是因為〈強化再生〉強化過頭導致肉體自毀。〈黑騎士〉到底為啥做到這種地步咧？老子真是想也想不透！

在為〈落第騎士〉贏得勝利後，為〈黑騎士〉擦拭遺容，便閉眼，跪在她身邊。他是在為〈黑騎士〉祈求冥福？應該不是。這善良小夥子的性格比外表硬派得不得了。戰爭都還沒結束，他大概沒那個閒時間感傷。他一定是打算多少恢復點體力，好應付下一場戰鬥。

……沒錯！這場戰鬥只是法米利昂隊伍的內訌，所以戰爭還沒結束！奎多蘭隊伍的最後一名選手，〈傀儡王〉歐爾．格爾還活蹦亂跳的！不過——好像用不著操心囉!?

我剛才一邊用眼角關注商業區的〈傀儡王〉對〈紅蓮皇女〉，〈紅蓮皇女〉從頭到尾都占上風！一步一步將〈傀儡王〉逼上絕境！照這樣看來，這邊遲早也要分出勝負啦！』

（一輝……）

主播的播報聲響徹路樹爾天空。

史黛菈和歐爾．格爾這才得知一輝與艾莉絲的戰鬥經過。

雖說是騎士之間的決鬥，一輝仍是迫不得已痛下殺手。史黛菈為他的選擇感到痛心。

「咦咦——姊姊在幹麼啊！這樣我很傷腦筋耶……！世界第四根本沒什麼了不起嘛。」

另一方面，歐爾．格爾裝模作樣地大嘆一口氣，出口責備艾莉絲不中用。

這男孩死到臨頭，態度仍然那麼自我中心。史黛菈差不多也看膩他的一舉一動，連生氣都嫌麻煩。

「沒錯，已經沒有人會保護你了。而且你也無處可逃。」

史黛菈扛起巨大的〈妃龍罪劍〉，又一步逼近歐爾．格爾。

歐爾．格爾則是——進退無路。

他的身後聳立著高達一百公尺的火牆。

不、不只是身後。

火牆以史黛菈為中心，形成半徑三十公尺左右的圓柱，將她與歐爾．格爾收納在火牆結界中。

歐爾·格爾被火牆截斷退路。再加上史黛菈一開始砍倒商業區所有高樓大廈，他也無法靠絲線升空逃脫——

「你已經完蛋了!!」

正如主播所言，這邊的戰場即將分出勝負。

史黛菈振翅推動身體，舉劍攻向背對火牆的歐爾·格爾。

歐爾·格爾眼看自己四面楚歌——

「啊哈，啊哈，啊哈。」

他沾滿黑灰的臉孔仍浮現詭異的笑臉。

他的表情代表他決定放棄——當然不是。

「啊哈，史黛菈真笨啊。我明知道情勢不利，幹麼還要乖乖打下去？」

「……！」

眼看〈妃龍罪劍〉即將劈中歐爾·格爾。下一秒，史黛菈震驚地喉嚨抽搐。

瓦礫的陰影赫然奔出四個孩童。他們衝向歐爾·格爾和史黛菈之間，張開嬌小的雙手，擋在歐爾·格爾身前。

惹人憐愛的稚嫩臉蛋上，掛著讓人不寒而慄的笑容。

「嘖、喝啊！！！」

史黛菈忽地撇開劍路。

她的舉動相當牽強，一個閃失可能會扯斷手腕肌腱。

幸虧史黛菈腕力剛強，勉強讓劍偏移原有軌道。

劍光直接劈向大地。

商業區的地面經過鋪設，不帶黏性，無法吸收衝擊，地面順著斬擊一路裂開，劍痕上的建築物紛紛遭殃。

一時之間塵土飛揚。

緊接著……塵煙中出現了人影。

無數人影連綿不絕，蜂擁而出。

那是一整支面帶笑容的人群，總計多達百名。

這群人──全都是遭歐爾．格爾囚禁的奎多蘭國民。

「啊哈，這下糟糕了。妳剛才那一擊不小心把地下避難所劈了個大洞呢。」

『王八蛋──────！〈傀儡王〉！這是在搞什麼鬼東西！』

〈聯盟〉方面不可能容許大量非戰鬥人員突然出現在戰場上。主播見到這緊急狀況，發出了接近慘叫的怒吼。

歐爾．格爾聞言，只是輕佻地聳聳肩：

「唉呦，你應該找史黛菈抱怨吧，又不是我的錯。都是她想也不想，到處賣弄怪力，地下避難所才會壞掉，在裡面避難的人才會跑出來呀。」

『你這死屁孩少給我裝傻！看看那些傢伙的臉！他們根本沒一個正常的!!再

說，戰爭開打前早就決定了，你必須讓奎多蘭國民到郊外避難！這可是嚴重違反規定——』

「吼呦，你很吵耶。」

主播喋喋不休地斥責。歐爾・格爾微微皺眉，揮了揮右手，像在驅趕惱人的蚊子。

緊接著，一絲閃光奔過夜空，隨即將主播的直升機砍成兩半。

『你個、哇啊啊啊啊啊啊啊啊啊——！！！』

播報直升機隨著主播的慘叫一同墜落，火牆外側冒出一道火舌。

「現在還管什麼規則啊。我原本只是覺得露娜艾絲的提案很有趣，才陪你們打一打戰爭遊戲。我是恐怖分子耶！都沒勝算了，我何必像乖寶寶一樣跟你們打？好了，史黛菈，怎麼樣？妳的火焰快把奎多蘭國民烤個酥脆了呢？」

只見眾多國民紛紛從地表裂縫、避難所出入口爬上地面，所有人笑咪咪地，開始走向史黛菈設下的火牆。

「——」

她再不解除魔法，這些人恐怕會主動撲進火牆。

史黛菈隨即解開結界，放歐爾・格爾自由。

火牆消失之後，另一頭也聚集了人潮，人數至少千人以上。

這些人之前全都被拘禁在地下避難所內。歐爾・格爾現在利用〈提線人偶〉操縱人體，將所有人帶到外頭。

——沒錯。他利用這些棄子封鎖史黛菈的攻勢，以便脫逃。

「啊哈，妳也只能這麼做呢！史黛菈就是這麼善良！好了，娃娃們！好好壓住史黛菈，幫我拖延時間！」

號令一下，遭到操縱的眾多人偶同時奔向史黛菈。

無數群眾如同海嘯般席捲而來。

然而，他們終究不是伐刀者。

即使〈提線人偶〉稍微提升他們的體能，程度終究是有限的。

哪怕再聚集上千人、上萬人，史黛菈動用巨龍臂力，單手就能掃開所有包圍。

但這些無辜國民只是遭到脫軌的惡意綁架，史黛菈必須拯救他們。

普通人類在巨龍臂力面前太過脆弱。

她或許會失手殺死這些無辜民眾。

不、甚至連用火焰包覆身體都十分危險。

因此，史黛菈束手無策。

史黛菈無法抵抗，只能默默遭到人類黑潮吞沒——

「你才蠢呢。」

史黛菈面對眼前的危機，不慌不忙地宣告。同一時間——

出現異狀。

「喝啊啊啊啊啊啊啊啊啊啊！！！！」

「咦!?」

即將壓垮史黛菈的人類黑潮戛然而止。

戰場上驟然出現身披紅法被的團體，阻擋人潮。他們是——

「終於等到孤一行人登場的好機會！孤早就等到不耐煩啦！」

「席琉斯・法米利昂……!?」

應該身在法米利昂的史黛菈之父——席琉斯，以及皇室親衛隊一行人。

「皇室親衛隊！以身軀抵擋奎多蘭的混蛋吧——！殿下是我們的公主！我們的希望！絕不能讓他們傷到我們的偶像——!!」

「L・O・V・E！史黛菈！」

「L・O・V・E！史黛菈！」

「Lovely！Lovely！史黛菈!!」

「「咻嗚嗚嗚嗚嗚嗚嗚嗚嗚～～～～～！！！！」」

戰場登時冒出陣陣詭異熱氣。

出現在戰場的還不只這群人。

「要絆住人就包在我身上！〈星辰大海（Star Ocean）〉!!」

「米莉會在這段時間標出像是中繼站的人，大家要聯手捉住他喔！」

「「「喔喔！！！」」」

史黛菈的好友——堤米特、米利雅莉亞所屬的法米利昂軍，也在不知不覺間現身戰場，一同阻擋奎多蘭國民。

堤米特活用穿梭物質的能力，將道路變得像是大片沼澤，拖住國民的腳步。

歐爾·格爾會利用中繼站操縱大批人群。當人類黑潮逐漸緩慢下來，米利雅莉亞便從中找出疑似中繼站的人物，標上記號。

她知道辨識方法。

米利雅莉亞在卡爾迪亞一戰中，曾在一輝身邊觀看他的做法。

『戰場就如同下雨時的湖面。「行動」的波紋會以指揮官為起點，逐漸傳遍整個戰場。所以這個波紋的起點就一定是中繼站。』

她一開始完全不懂一輝的意思，不過——

「現在自己的家鄉出大事了，不懂也得懂呢！」

故鄉的危機成了契機，正值成長期的資質迅速開花結果。

米利雅莉亞活用敏銳的雙眼，一一找出〈提線人偶〉的中繼站。

步槍型靈裝接連發射漆彈，將目標告知眾人。

席格娜率領法米利昂軍——與〈聯盟軍〉的士兵聯手，按照記號束縛中繼站。

奎多蘭國民接二連三脫離歐爾·格爾的魔法操控。

「史黛菈殿下！這些人就交給我們！」

「請史黛菈殿下去對付歐爾．格爾！將這場愚蠢戰爭的元凶一刀兩斷!!」

史黛菈前方的所有障礙一掃而空。

歐爾．格爾見到眼前的景象，赫然想起〈黑騎士〉曾經從路樹爾帶走史黛菈一行人，憤恨地咂舌。

「我懂了，是〈白翼宰相(諾曼)〉的〈蒼天之門(Divine gate)〉……！姊姊那個時候會在奎多蘭，原來是為了設下傳送門……！」

「多多良教過我。戰爭不同於我們至今的比賽，周遭的狀況會嚴重影響勝負。隨隨便便就能想到……奎多蘭的人民還在你手中，一旦把你逼到走投無路，你一**定會狗急跳牆**，那我當然要事先讓軍隊備戰。」

法米利昂軍可不是光在法米利昂國土上為史黛菈一行人加油。

他們和殘存的〈聯盟軍〉會合，重新整隊後待命，以備不時之需。

〈黑騎士〉早在〈聯盟〉指示下，在路樹爾各地設置〈蒼天之門〉，可透過靈裝之間進行瞬間移動。歐爾．格爾一旦動用「聯盟規約戰爭」以外的手段，全軍便會利用〈蒼天之門〉進軍戰場中心。

「〈聯盟〉是無數國家組成的集團。各種意見互相制衡之下，不能輕易動用〈聯盟〉兵力進行軍事行動。若是小部分人濫用〈聯盟〉職權，一旦落人口實，〈聯盟〉本身便會陷入分裂危機。

但是〈聯盟〉之所以成立，是**為了抑強扶弱**，讓普通人遭遇危險等於否定了〈聯盟〉。任用恐怖分子更是無法無天。之前表面上兩國還在進行**正規戰爭**，現在可不同了。貴國一再嚴重違反規約，〈聯盟〉就有足夠的藉口強制介入制裁。

我再說一次。

〈傀儡王〉歐爾．格爾，是你的輕率讓自己陷入危機，你才是真正的蠢蛋！」

「唔唔……！〈殺戮（La Grand）——」

「才不會讓你得逞！」

「啊！」

歐爾．格爾正想以密集斬擊殺光眼前所有人。史黛菈見狀迅速上前。

她以五指纏住即將散開的絲線，一把握住，使勁拉扯。

歐爾．格爾的右手頓時被拉向前方——

「啊啊啊啊！」

史黛菈的〈妃龍罪劍〉一下，直接砍下他的手肘。

歐爾．格爾痛得面容扭曲，舉起左手打算趕走史黛菈——

「咿……」

史黛菈背上的火翼一個振翅，頓時燒斷左手手肘。

緊接著，她手握〈妃龍罪劍〉，從下方輕盈一轉——

「呃啊啊啊啊啊啊啊啊！！！」

劍光一線。

一劍砍下歐爾．格爾的雙腿。

歐爾．格爾被奪去四肢，失去所有支撐。

他的身體登時隨重力落下。史黛菈一把揪住歐爾．格爾的胸口，舉了起來。

於是——

「我、我懂了！我知道了！我投降！投降了！是我輸了！我不會再做壞事了！不要殺我——！我不想死！我不想死啊啊啊！！！！」

歐爾．格爾臉色慘綠，開口求饒。史黛菈見狀——

「可以。」

「咦！？」

「那也要**他**聽得進你的、蠢話！！！」

她神情冷酷地說完，將歐爾．格爾的身體扔向空中。

歐爾．格爾在巨龍臂力作用下飛往高遠夜空。

就在視野一陣天旋地轉之中，他看見了。

史黛菈的話中之意。

蒼藍光暈劃分開來，隱隱透出黃金光輝。

這光芒是——

「約翰……！」

「蹄轢王道（Circus Maximus）————！！！！」

《蒼天之門》敞開，騎士腳跨黃金戰馬，如箭矢般翱翔於空中。

那是受《傀儡王》操控，被迫犯下無數殺戮的奎多蘭王子——約翰・克里斯多夫・馮・柯布蘭德。

露娜艾絲・法米利昂同樣乘坐於馬背，支撐著他。

他卯足全力，準備為死去的好友、家人、臣民報仇雪恨。

歐爾・格爾自然想保護自己。

貪生怕死的他打算掙扎到最後一刻。不過——

（我的手、我的腳，都沒了……！）

已經為時已晚。

他失去所有能守護自我的事物。

更喪失所有能守護他的人。

這個恣意妄為的男孩為了取樂，背叛一切，藐視一切，毀壞一切。

——而他的報應終於來臨。

「不、不要啊啊啊啊啊啊啊！！！！我不想──」

哀號聲高亢淒厲。

但是他的慘叫並沒有持續多久。

翱翔天際的騎兵手持長槍，槍尖隨即插入他的口中，將頭部撞得粉碎。

◆◇◆◇◆

騎兵飛越高空，擊碎歐爾．格爾的頭部。他的身體在天空停滯片刻後垂直墜落，在史黛菈、約翰以及戰爭的相關人士見證下，直接撞擊地面。

死肉頓時撞爛四散。

黑紅色的死肉，隱隱鼓動。

眼前的殘骸和平賀玲泉不同，是貨真價實的活人遺骸。

他們贏了嗎？

他們真的制裁了那個惡魔？

疑問隨即獲得解答──遭歐爾．格爾俘虜的奎多蘭國民給出了答案。

「奇、怪…………」

「動了、能動了……！身體可以動了！」

「真、真的！我們自由了！約翰殿下救了我們啊!!」

歐爾．格爾的〈提線人偶〉能夠切斷他人肉體與意識的連結。他死後，伐刀絕技也隨之失效。

奎多蘭國民受到操控時還保有意識，如今終於取回身體的主導權，他們不由得欣喜若狂。

法米利昂與〈聯盟〉聯軍望著壓制住的國民，終於明白：

「席琉斯陛下！奎多蘭的國民恢復正常了！」

「是啊……！〈傀儡王〉上西天，魔法就解開了……！」

「所以……！」

『就是這麼回事啦──！！！！』

對話途中突然插入挾帶雜音的巨響。說話者正是遭歐爾．格爾擊墜的主播。

布馬咳嗽連連，對著麥克風大吼。

『Fuck！那個天殺的小屁孩，竟敢毀了我的直升機……！真想抓著他的衣領狠揍一頓。不過、嘿嘿，**他都沒了臉，我也揍不了啊！**

〈紅蓮皇女〉把他扔上天，約翰．克里斯多夫．馮．柯布蘭德就在上方等著，衝鋒突擊！那混蛋頓時粉身碎骨！不需要驗屍，也不需要叫醫療小組！

早在那個狗娘養的玩偶宅放棄戰爭的當下，就沒老子的事了。但我都陪到這個份上，至少幫看轉播的傢伙們做個總結！

〈紅蓮皇女〉對〈傀儡王〉，最後由〈紅蓮皇女〉大獲全勝!!

這一戰之後，奎多蘭隊伍殘存兵力歸零！

也就是說這場戰爭，由法米利昂皇國贏得勝利──────！！！』

「「「喔喔喔喔喔喔喔喔喔喔喔喔喔喔！！！！」」」

狂歡與勝利的吶喊頓時響徹路榭爾。

兩國人民一起開心地淚流滿面。法米利昂人民順利度過國難；奎多蘭人民則是脫離恐懼，從不知名的控制之中解脫。

史黛菈見到這幅景象，終於解除靈裝，鬆開緊繃的肩頭。

「呼………」

「史黛菈。」

黃金戰馬降落在史黛菈面前。

「約翰哥………」

戰馬化作沙金般的燐光，隨風消逝。

約翰在露娜艾絲的攙扶下走向史黛菈，深深低下了頭。

「謝謝妳。多虧史黛菈……我才能為所有人報仇……真是、非常謝謝妳………」

「自己都站不住了，別太勉強。」

「……哈哈，妳說的是，太丟臉了……我真的、很沒用。我什麼也沒保住。父王、母后、好友……甚至是國民……」

約翰忍不住失聲抽泣。

他在這場戰爭中失去的事物，比任何人都多。

殺死仇敵，並不足以治癒他的心傷。

不過——

「你保護了露娜姊呀。」

史黛菈說道。

他絕不如自己所說的那樣無力。

「你再怎麼痛哭、後悔，死人都無法復生。可是……他們一定會在天上守候著我們。約翰哥和〈傀儡王〉奮戰到遍體鱗傷，他們怎麼會覺得你沒用？假如約翰哥把路克他們當作怨靈，拿莫須有的詛咒責備自己，到時他們才真的會覺得你丟人呢。」

約翰聞言，喉嚨一陣顫抖。

「妳是叫我……一直謹記他們的溫柔嗎？這……太痛苦了。」

「我知道。」

「我一個人……承擔不了這麼多。」

「約翰哥又不是一個人。」

「！」

「我也不可能一個人保護所有法米利昂的人民。就算現在歐爾・格爾死了，這份辛苦仍然一點都不少。可是……我不是一個人。當我悲傷的時候、痛苦的時候，有人會在我身邊支持我。所以，沒關係。」

約翰聽完史黛菈的話，望向始終支撐著自己的露娜艾絲。

露娜艾絲一句話也沒說。

但是她率直的眼神回應了約翰，從未離開他的身旁。

「……謝謝……」

不知道他是對誰道謝？

約翰淡淡低語，雙眼恢復了些許活力。

史黛菈見狀，鬆了口氣——

「等收拾完之後再謝也不遲。奎多蘭的人民還很混亂，只靠父王他們沒辦法照顧所有人。約翰哥也去安撫大家吧。」

「我知道了……露娜艾絲，不好意思。」

「交給我吧。」

兩人互相扶持，逐漸走去。史黛菈目送兩人，直到他們消失在人群裡。

她仰望天空。許多人還在遙遠的盡頭守候這場戰鬥。她向那些人說道：

「各位，全都結束了——」

——Row, Row, Row your boat, Gently down the stream～♪

（划吧，划吧，划小船，搖盪在溫柔水流中。）

Merrily, Merrily, Merrily, Merrily, Life is but a dream～♪

（好快樂、好開心，人生如夢境，快樂似神仙。）——

「————————！？！？！？」

下一秒，一股惡寒爬過史黛菈全身上下，皮膚直打顫。

聲音不知從哪來，如同風兒呼嘯，震盪空氣，傳入耳中。

但是，不可能。

怎麼可能傳來這嗓音？

嗓音的主人就在剛才，徹底死透了才對——

「啊…………！」

——Row, Row, Row your boat, Gently down the stream～♪

（划吧，划吧，划小船，搖盪在溫柔水流中。）

If you see a crocolile, Don't forget to scream～♪

（假如遇見了鱷魚，千萬記得大聲叫。）——

史黛菈急忙回頭看向聲音主人的屍骨，頓時語塞。

歐爾・格爾確實死了。

用不著她確認。

他被砍斷四肢。

頭部炸得粉碎。

爆炸餘波還將橫膈膜以上的內臟扯得四分五裂。

他死了。

卻又站起了身子。

——Row, Row, Row your boat, Gently in the bath～♪

（划吧，划吧，划小船，累了就去泡個澡。）

If you see a spider, Don't foget to laugh～♪

（假如遇見了蜘蛛，千萬記得給個笑。）——

沒了腦袋，沒了內臟，只用絲線強行接起裸露的脊椎、四散的肉片以及散落周遭的瓦礫，彷彿一具拼湊成型的噁心藝術品。

他的外型慘不忍睹，卻飽含敵意，揮動上臂。

敵意的目標——

「約翰哥————————！！！！」

「史黛菈!?」

「呃!?」

就在千鈞一髮之際。

銀光眼看就要觸及約翰和露娜艾絲，史黛菈先一步介入，抵擋攻擊。

她以厚重的〈妃龍罪劍〉為盾，擋住劃破天際而來的鋒利銀光。不料——

「嗚、呃啊。」

強烈打擊隨即穿透〈妃龍罪劍〉，重擊史黛菈。

絲線細得肉眼難以辨識，帶來的衝擊卻如同大鐵塊。

她靠著巨龍臂力勉強撐在原地，但衝擊直搗肺部，令她痛得悶哼。

肺部損傷連帶削減史黛菈的反應速度。

史黛菈被拖住腳步，追擊隨即逼近。

第二回、第三回、第四回，她都揮劍勉強化解攻擊。

但是每一擊的力量極大，怪力如史黛菈，竟然需要大費力氣才能抵擋。

破壞力難以置信。

萬一她少接一擊，失手讓後方中招——

想像勾起史黛菈的恐懼，她拚命擊退接連而來的斬擊。

她太過焦急，反而忽略了一點。

當她發現不對勁，已經慢了一步。

「……！」

史黛菈每擊落一次斬擊，靈體蜘蛛絲一絲一毫糾纏住她，並且忽地化為實體。

絲線陷進史黛菈全身，牢牢束縛住她。

「嗯、嘎！」

史黛菈隨即使力，打算扯開絲線。然而——

（騙、人……！為什麼、會這麼……！）

她錯愕不已。

原本動用巨龍臂力就能輕鬆扯斷歐爾．格爾的絲線。

現在卻文風不動。

再看看方才的絲線斬擊，力量簡直暴增到另一個層級。

（這、到底是……!?）

「史黛菈啊啊啊啊啊啊——！！！！」

事已至此，席琉斯等人才察覺狀況急轉直下。

他們立刻手握靈裝，奔向史黛菈打算助她一臂之力，但——

「不要過來————！！！！大家快逃啊————————！！！！」

史黛菈淒厲地放聲喊叫，拒絕眾人的協助。

困住自己的這股力量，遠遠超過以往的歐爾．格爾。

太危險了。

史黛菈的判斷相當正確。

〈傀儡王〉歐爾．格爾。

這男孩從地下世界伸出蜘蛛絲，隨心所欲玩弄世界，直到今天。

其能力本質不在於戰鬥。

但是，那僅是因為他的能力**用於戰鬥之外更有意義**。

能夠操控整個國家的國民，整體數量難以估計。

倘若將這股難以估計的力量聚集到一處，又會如何？

將所有力量聚集到一個人身上，將自身肉體化作傀儡，又會如何？

答案如今化作現實，呈現在史黛菈眼前。

〈傀儡王〉歐爾．格爾的殺手鐗。

存活時無法承受，唯有死後才能發動，最強、最邪惡的伐刀絕技。

超越死亡，只為在世界散播破壞與絕望，堪稱極致的惡意。

這是他的憎恨——

惡意的實體——

其名為──

──〈死靈遊戲(Danse Macabre)〉──

「來吧，最後一幕(Finale)開演囉。」

第二十四章 遺骸灑淚

歐爾·格爾的屍體赫然起身。

四散的肉片爬過地面，漸漸聚集成塊。

細胞燒焦不堪使用的部位，便用四周的磚瓦、碎布修補。歐爾·格爾的屍體漸漸恢復了人形。

最後，就連粉碎的頭部都恢復原狀，外型和以往相差無幾。

「史黛菈好過分喔。這麼可愛的男孩子哭得慘兮兮求妳原諒，妳居然還下得了手。」

缺角的臉頰鑲上一張變形的嘲笑。

「妳這個殺人魔。殺人魔、殺人魔！妳跟我差不多嘛！啊哈，啊哈！」

史黛菈萬萬沒料想到，歐爾·格爾都已經全身支離破碎，居然還能重新復活。

也因此徹底讓他得逞了。

史黛菈全力抵抗，仍然無法掙脫。她冷汗直流——

「……別開、玩笑、了……！要不是你先……！」

對方的譏諷滿載汗饑，史黛菈忍不住反駁道。

明明是你襲擊奎多蘭，還在法米利昂點燃戰火。

歐爾·格爾聞言——

「啊哈，什麼什麼？妳想說殺人還有分對錯嗎？這行為根本一樣嘛。再說什麼是『正確』？什麼又是『錯誤』？假如妳說**先動手的就是不對**，那錯就更不在我身上了。因為是**你們**先扼殺我的呀。」

他笑著吐出莫名其妙的發言。

「你在、胡說什麼……」

「啊哈。」

史黛菈聽得一頭霧水。歐爾·格爾用右手絲線困住史黛菈，舉起左手，利用四周的磚瓦縫出一具玩偶。

玩偶頂著一頭疑似抹布的白髮，還有紅藍鈕釦組成的雙眼。

那具玩偶和他自己十分相像。

歐爾·格爾讓玩偶左搖右擺地走著，開口說道：

「**演員湊齊之前**也挺閒的，就讓你們看一場人偶戲。

標題是：『浴血十字架（La Croix Sanglante）』。

主角出生在某個小村落，是一個很可憐的男孩子。以下就是他的故事。」

◆◇◆◇◆

「時間回溯到十五年以前，這裡是法國的邊境。

有一座山林圍繞、環境豐饒的小村落裡，誕生了一個男孩。

他叫做歐爾雷斯·格爾。

他的家人在村裡經營一間小餐館，生活不算富裕，但是村裡的農夫經常光顧餐館，倒也衣食無缺。

強壯的父親受到村人愛戴；

母親溫柔美麗，歌聲優美；

他還有一位生為伐刀者的姊姊，總是與他形影不離，又強又帥氣。

男孩在美滿的家庭裡，度過了無憂無慮的幸福童年。

他，應該是幸福的。

——但這只是表面。

男孩過得一點也不幸福。

因為……男孩其實**非常扭曲**。普通人覺得快樂、幸福的經歷，男孩卻一點也不喜歡。他看到別人難過、痛苦的模樣，反而會感到十分喜悅。

男孩在三歲的時候，發現自己很不一樣。

他當時欺負朋友，把對方弄哭了。

他那時候覺得非常、非常開心。

男孩實在太愉快，更用力地欺負對方。

他想讓對方哭得更大聲，把對方弄得全身是傷。

假如大人們沒來阻止他，他搞不好會失手殺死對方。

——溫柔的父母和姊姊非常嚴厲地教訓男孩。

而且是前所未有的嚴厲。

父母明明那樣溫柔，這時臉色鐵青，淚流滿面，不斷怒罵、處罰男孩；強大又帥氣的姊姊平時總會保護男孩。她和父母一樣滿臉淚水，但偏偏只有這一天，她沒有出手袒護男孩。

不只是家人態度驟變。周遭所有的大人，包括平時會送男孩糖果的溫柔叔叔、總是聽男孩說話的修女姊姊，人人惡狠狠地瞪著男孩，表情恐怖得不得了。

——男孩的世界彷彿瞬間變成另一個樣。

這景象足以讓幼小的少年明白，他覺得開心的行為，竟然是他人無法容許的『壞事』。

所以男孩從這一天起，親手壓抑內心萌芽的『喜悅』，極力實踐父母教導的『正確』。

他仔細察言觀色，戰戰兢兢地看穿他人希望自己做、自己該做、不能做的事情，演出父母、大人口中『正確』的乖孩子。

男孩終於重新獲得村人的喜愛。
也和受傷的朋友和好，對方變成男孩獨一無二的死黨。
男孩獲得所有村人疼愛之後，身邊人總是洋溢著笑容。
這一切——成了極大壓力，重重壓在男孩心上。
只因為他不小心碰觸自己真正的『愉悅』。
他不明白自己真正喜歡什麼，只是害怕招來厭惡，一味地裝出笑容。這樣的自己簡直像是人偶，多麼滑稽。而自己身邊的大家笑得那麼開心，令男孩好生羨慕。
……這樣的日子持續了許多年，男孩一點一滴地崩潰。
一開始，他失去了味覺。
接著，眼前的顏色變得詭異。
夜晚也無法正常入睡。
男孩日後去做檢查才發現，他的壓力超出負荷，使得自己的大腦萎縮兩成。
男孩仍然繼續忍耐，不敢找任何人商量，就這麼隱瞞下去。
萬一旁人發現自己對錯誤的事情感到『喜悅』，他的世界又會再次變調。他非常害怕，怕得不得了。
就在這時，男孩展現了做為伐刀者的天賦。
這或許是命運拉了他一把。
男孩體內萌芽的能力是『傀儡』，能夠將鋼線靈裝做為神經，影響其他生物的腦部。

這份能力拯救了男孩。

因為他發現使用這種能力……就能瞞著別人，做些自己『開心』的事。

他知道那些行為是『壞事』，但是他已經忍到了極限。於是從這天起，男孩開始利用自己的能力做『壞事』。

在村裡做很可能會曝光，他便把絲線伸至隔壁城鎮。

有時操縱別人的身體，讓他受傷；

有時讓感情融洽的孩子吵架；

有時毀壞一個原本幸福的家庭。

……絲線還能直接讀取村人的情緒，讓他能比以往更受歡迎。而他獨處的時候，就跑去遠一點的城鎮，傷害各式各樣的人。

遙遠城鎮的人們悲傷、痛苦、傷害真愛之人時的絕望，所有情緒透過絲線傳達給男孩。感情的震顫太過甜美，深深麻痺萎縮的大腦。這段時間實在非常愉快，讓他開心得不得了。男孩只有在傷害他人的時候，才能開懷大笑。

——然而，這段日子沒有持續多久。

使用能力的人終究只是兒童。

總會有人發現。

大人終究發現男孩的舉動。

……沒錯，有個非常、非常邪惡的『壞』大人，找到了男孩。

◆◇◆◇◆

「當天傍晚。

村人說：『這是你的生日派對，你不需要幫忙準備。』便把歐爾雷斯趕到教堂外。歐爾雷斯便一如往常，一個人來到村落附近的河畔，把絲線伸到外頭的城鎮。

這時對他來說，是唯一的娛樂時間。

等到娛樂時間一過……他就得去參加一點也不愉快的生日派對，笑咪咪地配合周遭，度過一段痛苦時光。

他一想到等一下有多痛苦，就想趁現在好好享樂個夠，於是他比平常更熱衷於『人偶遊戲』。

所以，他慢了一步才發現。

有個男人沿著斜坡來到河畔，直接走向躲在橋下的自己。這男人身穿黑斗篷，顯然就是一個外地人。

歐爾雷斯察覺的時候已經來不及反應，對方瞬間逼近，單手舉起他嬌小的身體。

『你、你要、做什麼!?』

男人一把將歐爾雷斯壓上橋墩。突如其來的暴力嚇得歐爾雷斯一陣恐慌，他慌張地望向男人。

這一看，令他渾身打顫。

男人俯視著自己，他的眼神和至今見過的人們迥然不同，那野蠻的光彩如同野獸。

（這個人、到底是……）

歐爾雷斯臉色慘綠──獨臂男人開口說：

『最近這一帶突然施暴事件劇增，治安惡化，而且速度非常不自然。我還疑惑是怎麼回事，來這一查……竟然只是小鬼的惡作劇。』

『……！』

『小子，你的力量多加鍛鍊之後，想必有益〈解放軍〉，助我等破壞這充滿虛偽的世界。歐爾雷斯．格爾，你得跟我走。』

『不、我不……要……』

歐爾雷斯完全聽不懂男人在說什麼。

他只知道，男人發覺自己在玩『人偶遊戲』。

太糟糕了。

假如讓村人發現──世界又會顛倒過來。

不要，他好怕。

恐懼促使歐爾雷斯行動。

他打算動用傀儡能力滅口。

但是——

『沒用的，伐刀者的能力之間相生相剋。你的能力必須進行物理接觸，永遠打不倒我——華倫斯坦。』

他努力操作絲線連接男人的神經，或是綑綁對方，但絲線全都從男人皮膚上滑開。絲線沒有摩擦力，無法接觸男人。

壓往橋墩的力道漸漸增強——

『強者等於世界的規則，你沒有權利拒絕我。你反抗我也罷，大不了就直接掐死你。』

胸骨吱呀作響，劇痛接踵而來。

壓力讓他難以呼吸。

歐爾雷斯面對無情的暴力，隨即明白。

這股疼痛並非恐嚇。

正如同以前自己對好友的舉動。

這個男人會毫不在意地殺死自己。

『不、不要……殺我……我、我還、不想死……！』

男人和生氣時的父母天差地遠，他的眼神不帶一絲憐憫或慈愛。歐爾雷斯畏懼男人的言神，怕得小便失禁，苦苦求饒。

自己還不想死。

不要殺我。

他拚命拜託男人。

獨臂男——華倫斯坦聞言，瞪大雙眼：

『……呵呵、哈哈哈哈！』

接著忍不住放聲大笑。

『太可笑了。』華倫斯坦笑著說：

『小子，你以為**現在的自己，算得上「活人」嗎？**』

『……？』

歐爾雷斯不懂華倫斯坦的言下之意，無從回答。

『很好……我改變主意了。』

華倫斯坦放開歐爾雷斯的衣襟。

接著——

『小子，就讓你選一選吧。一星期後，我會再來這座村落一趟。如果到時只剩你一個活人，我就帶你加入〈解放軍〉。不過……假如我看到你以外的人存活，那我就把包含你在內的所有村人——』

手上顯現靈裝大劍。

華倫斯坦輕輕一揮劍——

『趕盡殺絕。』

將石橋劈成兩半。

『——……！』

石橋隨即塌陷，掀起大片沙塵與水珠。

歐爾雷斯明白了。

趕盡殺絕。

眼前這個男人的實力足以履行這句話。

自己逃不過這男人追殺。

村裡的警衛無力制止男人。

換作是自己、換作是姊姊，一定也擋不住他。

然而——

『這、這叫我、怎……怎麼選……嗚呃、我選不出來啦……！』

是殺了所有村人獨自存活，還是甘願和全村人共赴黃泉？

至今所受的教育阻止他選擇前者，恐懼又令他抗拒後者。

殘酷的選擇題難倒了年幼的孩童。

但是——

『呵呵，你會選的。』

華倫斯坦將歐爾雷斯的哭喊一笑置之。

『我事前調查過你……生在美滿幸福的家庭裡，被人捧在手掌心，**內心卻嚴重扭曲**……這種人可少見了。你……就是個天生的惡人，無與倫比的邪惡。我可以斷定，你肯定會選擇走向這一邊。』

『好、好過分……』

『別誤會，我可是在救你。』

『……咦？』

『你就趁這一個星期，仔細想想。

究竟是誰想抹殺你？

是**我**？還是**那群傢伙**？

你用不了多久就會得出答案——一定會的。』

◆◇◆◇◆

「——〈獨腕劍聖〉華倫斯坦留下這句話，消失在男孩面前。

但是一個星期之後，他一定會回來。

男孩第一次與死亡擦身而過，他恐懼地顫抖，邁步跑去。

他為何而跑？

為了逃走？

不，他是為了讓村人逃走而跑。

愛護家人、敦親睦鄰，這才值得喜悅。

以往灌輸的知識告訴他，這才是人類『應有』的舉動。

正好，村人今天要在村裡的教堂舉行男孩的生日派對。

男孩非常受歡迎，所以全村居民都會參加派對。

正適合他開口。

話雖如此……貿然在全村人面前提起這件事，恐怕會被小孩調侃，或是造成恐慌。

幸虧距離期限還有一個星期，挑個只有大人在的時候坦白會比較好。

男孩非常聰明，所以他選擇在派對結束後，趁著收拾善後時向大人全盤托出。

於是，男孩的生日派對如期舉行了。

全村人聚在一塊兒，一起祝福男孩。

他們送男孩禮物，唱唱跳跳。所有人都衷心為他的生日欣喜。

『歡迎你來到這個世界。』

『能和你同在一起，真令我驕傲。』

『我們太幸福了。』

男孩的身邊洋溢著**最棒的笑容**，彷彿在閃閃發亮。

但這一天……男孩裝笑裝得非常辛苦。

自己平時偽裝得完美無缺，只有今天沒辦法順利笑出來。

姊姊經常關注男孩。她發現男孩臉色有異，馬上就出聲關心男孩。

男孩拚命掩飾……卻仍然笑不出來。

此時，男人的話語彷彿掩蓋所有祝福的歌聲，在男孩腦內重現。

『你就趁這一個星期，仔細想想。

究竟是誰想殺你？

是**我**？還是**那群傢伙**？』

是的……男孩察覺了一件事。

男孩遇見了『惡人』。『惡人』過著男孩不曾想像的生活，行事作風全是父母、大人口中的『錯誤』，不容於世間，但是他卻笑得十分快活。所以男孩赫然發現——

自己——**其實從未活過**。

他人不允許男孩活在世界上。

而這個他人，正是村裡的人們。

因為男孩根本沒辦法像他們一樣開懷大笑。

這樣的自己，怎麼算得上活人？

男孩周遭的人們將『正確』假造為絕對的守則，嘴裡疼愛男孩，剝奪男孩生存的權利。一切全是為了守護只有他們充滿歡笑的世界。

男孩內心先是轉為絕望，絕望又丕變成激烈的憎恨。

男孩恨父母，他們開口閉口都是愛，卻抹殺了男孩。

男孩恨姊姊，她假裝處處保護他，卻扼殺了男孩。

男孩更恨這群傢伙，『正確』從自己身上奪走笑容，他們卻一個個笑得燦爛，彷彿在得意炫耀。

這充滿虛偽的世界是如此排斥自己——他恨世上的一切。

不知何時，男孩笑了。

他的笑容醜惡無比，讓總是形影不離的姊姊嚇了一跳。

男孩笑著說：

『謝謝你們，我是這世界上最幸福的人。

有這麼多人深愛著我。

有這麼多人為我祈禱，希望我能獲得幸福。

所以……我決定了。

我要讓今天成為我人生中最棒的日子——

請把你們的人生送給我吧！』

◆◇◆◇◆

「於是，男孩殘殺了村裡的每一個人。

他放任以往壓抑的好奇心，實行腦內跳出的每一個方法。

彷彿在發洩至今的鬱悶、憤恨。

他親手讓這一天成為自己真正的生日。

他摧毀村裡的一切後，順利加入〈解放軍〉，從此過著幸福快樂的日子。」

歐爾．格爾表演著人偶戲，重新演出自己**出生的那一天**，接著質問史黛菈：

「我說史黛菈呀，你們否定我，說我是『錯誤』，可是你們和我到底有什麼不同？你們殺死我，就只是為了自己的幸福。所謂『正確』，只是不知名的某人擅自創造的凶器。但你們為了保護自己圓滿的生活，拿起那把凶器，**親手殺死了我**。你們和我——根本沒兩樣啊!!」

「呃啊!?」

歐爾．格爾的右手往旁一揮。

史黛菈身上的絲線隨之勒緊，深深咬進皮肉之間。

絲線切開肌肉，擠碎骨頭，勒住氣管，史黛菈的臉色轉為紅黑。

史黛菈死命地抓撓頸部，想要抓住絲線，但是絲線深陷頸部，指甲完全搆不著。

「史黛菈——！我們現在就去救妳!!」

法米利昂與聯盟的將士見史黛菈情況危急，再次動身救人。

但是——

「吵死了。」

「「嗚啊啊啊啊啊啊啊啊啊啊啊啊啊！！！！」」

他們正要接近歐爾．格爾的瞬間。

在場所有人頓時渾身裂傷，倒臥在地。

他們遭到鋼線斬傷——不，並不是。

那是〈魔人〉的引力，就如同之前愛德懷斯阻止史黛菈的做法。

歐爾．格爾啟動〈死靈遊戲〉之後，戰鬥力今非昔比。

光是力量就在史黛菈之上。

他們沒道理贏過如此強大的〈魔人〉。

一出手，只有死路一條。

既然命運難以撼動，那就不需要經歷過程。

雙方懸殊的實力造就必輸的命運。歐爾．格爾的殺氣利刃上便挾帶了這份必然。

歐爾．格爾不快地瞥過倒地的士兵。

「你們總是這樣。仗著人多勢眾，就想踢走少數不合群的人。

以力量維持自己能幸福生活的世界。

完全不管是不是有人沒辦法活在你們的世界裡。

把『正確』當作天經地義，用法律、道德規範所有行為。

說到底，有力量的強者用名為『正確』的暴力，**把另一類人塑造成**『錯誤』，不就是想正當化自己的行為？

華倫斯坦老師說的還真對。這個世界充滿謊言。

強者可以奪走弱者的一切，這才是世界上唯一的真諦。

表面上頂著好人臉，實際上只是仗著力量，任意虐待不合群的人。

那我也要用力量對抗這個世界。

人人都有權利獲得幸福。

既然我只有作惡才會快樂，我當然只能一邊作惡一邊活下去。

就是這樣囉，史黛菈。

妳這麼善良，為了破軍學園的同學獨自奮戰。

妳這麼高尚，為了國家挺身而出。

妳善良又高尚——卻不願意放過我，就是個殺人凶手。

我最喜歡妳和姊姊這種偽善的人了。

妳們這種大騙子滿口謊言，最愛揮舞著正義大旗。我好喜歡妳們。

因為——把妳們玩得一團爛，就是我最幸福的時候！！！！」

「唔——……」

歐爾．格爾的右手五指使力，更加用盡勒緊史黛菈。

史黛菈早已缺氧，無力抵抗。

慘綠的四肢癱軟垂下，雙眸逐漸失去光彩。

等她喪失所有力量，絲線屆時便會撕肉斷骨，斬下她的頭顱。

就在那前一刻——

「即便如此，是你自己今天選擇站在這裡，成為我們的敵人。」

「——!?」

那名騎士理所當然似地趕到現場。

他飛也似地飛越滿地倒臥的士兵，漆黑刀刃刺入歐爾．格爾的額頭。

一刀貫穿。

此招正是——第一祕劍〈犀擊〉。

出招者無須猜測——

「那就別頂著受害者的嘴臉——無恥。」

這名騎士接連擊敗〈B·B〉、〈黑騎士〉，現在仍然立於戰場之上。
他正是黑鐵一輝。
他狠瞪歐爾·格爾，雙眸滿是憎惡，不屑地說道。
歐爾·格爾額上插著刀──神色卻烙上狂喜。
「啊哈，〈落第騎士〉，我等你好久了。黑鐵一輝，對，我就是在等你來呀！」

◆◇◆◇◆

「哼！」
刀刃準確地貫穿腦髓，歐爾·格爾卻仍然有所反應。一輝當場認定，破壞腦部對眼前的敵人無效。
一輝在歐爾·格爾有所反應之前，朝他肩上一蹬，將劍抽離頭蓋骨，拉開距離。
「操縱自己的屍體嗎？這能力還真令人傷腦筋。」
「啊哈，對呀。對一輝來說又更棘手一點呢。」
現在的歐爾·格爾和姊姊艾莉絲一樣，刀傷無法取他性命。
「我聽到廣播了，你打倒世界排行第四的騎士了呢。哎呀，好強好強。我沒想到一輝居然有辦法打贏姊姊。機會難得，讓我做個優勝者採訪吧。你現在和我一樣都是殺人凶手了，感覺如何呀？」

© Won

「糟透了。」

「啊哈，你倒是不否認**自己和我一樣**啊。」

「這是事實。」

一輝面對歐爾．格爾直截了當的挑釁，仍舊面不改色。

「我和阿斯卡里德小姐都是為了貫徹騎士道，自己選擇了戰鬥。最後的結果和責任自然會回歸到自己身上。」

打從持刀與對方為敵，就已經做好覺悟。

不、或許更早……是從選擇成為〈魔法騎士〉的那一瞬間開始。

戰鬥的結果，即為死亡。

無論是自己、對手，只要他們一天走在這條道路上，就永遠無法避開死亡。

他會哀傷，會嘆息，但不後悔。

「無關正義或邪惡，是我決定殺死她。我不會搬出大道理來模糊焦點。你想恨我儘管恨，你有權利這麼做。」

「啊哈……一輝**這麼坦率**，殺了你感覺一點也不好玩，我最討厭你這一點了。」

一輝的心神堅定不移。歐爾．格爾見狀，無趣地歪了歪嘴。

但他隨即恢復笑容——

「但我還是要殺了你。我等這麼久就是為了殺你呀。在史黛菈面前殺死你，她的反應一定會很有趣!?」

他的右手約束著史黛菈，並舉起另一隻手。

左手朝向一輝，貼合大拇指和中指，做出打響指的姿勢。

「這架勢是——」

「你記得吧？〈殺人戲曲〉(Grand Guignol)——把我身邊的〈蜘蛛網〉擴散並擊出，造成大範圍攻擊。我們一開始見面的時候，一輝用〈一刀羅剎〉擋住了這招。你經過和姊姊的戰鬥，應該很疲憊了。再加上現在的我不需要顧慮自己，比活著的時候更有力量。現在的一輝還擋不擋得住呢!?」

歐爾．格爾說完，手指使力——

「〈殺人戲曲〉——！！！」

打了響指。

周遭做為盾牌的絲線靈裝隨即化作實體，忽地釋放張力，絲線隨即化作成千上百的刀刃，飛向四方。

但他不過是透過張力彈飛刀刃。

數量雖然龐大，刀刃的軌道卻全是直線，毫無技巧可言。一輝單靠動態視力便足以識破。

況且他已經是第二次見識這項伐刀絕技。

一輝早已察覺〈殺人戲曲〉的死角。

是地面。

歐爾・格爾的〈殺人戲曲〉是以面為單位大範圍施放飽和斬擊，力量分散，每一根絲線的威力並不大，足夠將人類千刀萬剮，卻動不了岩石分毫。既然如此——

「！」

一輝隨即鑽進最近的地面裂痕。

歐爾・格爾和史黛菈剛才就在這個商業區大肆破壞。

隨處可見裂痕與孔洞。

不過——

「啊哈！你想躲開呀!?」

歐爾・格爾早就料到一輝的行動——

「這樣好嗎!?一輝躲開的話——後面那些傢伙就要變成碎塊了呢!!」

他大肆嘲笑。

一輝的判斷將要引發的慘劇（結果），惹得他狂笑不已。

現在兩人四周還存在數不清的奎多蘭國民，以及歐爾・格爾以〈引力〉傷及的眾多士兵。

他們無力抵擋〈殺人戲曲〉。

眾人恐怕會被切成肉塊而喪命。

四周的群眾無處可逃。

而一輝捨棄他們——了嗎？

不，並非如此。

一輝知道自己**沒必要**保護他們。

「——!?」

絲線刀刃以歐爾・格爾為中心，全方位擴散開來。

當刀網正要觸及第一個人，正要將之剁成肉醬的前一刻——

歐爾・格爾的表情登時滿布震驚。

〈殺人戲曲〉的飽和斬擊竟然偏向上方。

彷彿擦過四周人類的頭部。

這攻擊遭人擋下？還是被整片抬起？

兩者皆否。

絲線流暢地滑向上方。

是四周的空間遭到扭曲。

在場只有一名騎士能做到這一步。

「勉強趕上啦。」

歐爾・格爾聞聲，抬頭望向天空。

就在史黛菈以斬擊熔毀的大樓上。

小巧身影背對圓月，站在上頭。

「〈夜叉姬〉、唔——!?」

「喝啊啊啊!!」

他的視線從一輝身上偏離片刻。

這對歐爾·格爾來說，是難以彌補的大失算。

一輝趁機逼近，一刀斬飛歐爾·格爾的右手，解開史黛菈的束縛。

「嘖！」

「你的腦袋是裝飾品嗎？〈殺人戲曲〉（那一招）等於是將自己的盾牌丟出去。使用之後不但毫無防備，還得花時間再次構築盾牌。」

「我剛剛的確失手了，可是你不要太囂張喔！」

歐爾·格爾能肯定，一輝雖然砍斷史黛菈身上的絲線，但他也只能做到這點。

史黛菈現在全身骨折，重度缺氧，一時半刻無法行動。

尤其是缺氧造成嚴重意識不清。

普通騎士至少要花上一天才能正常行走。

即便史黛菈自癒力驚人，至少也要耗上一分鐘。

而〈夜叉姬〉故意不參與突襲，站在能夠鳥瞰整座戰場的地方。

歐爾·格爾知道對方為何這麼做。

〈夜叉姬〉想徹底分清楚自己的攻擊範圍。

她必須節省魔力，以最低限度的魔力保護民眾。
〈夜叉姬〉所剩的餘力讓她不得不這麼做。
她對上的是〈沙漠死神〉，實力足以在全世界排得上前五名。會消耗過度也是在所難免。
她能奪得輝煌戰果，代價絕對不低。
〈夜叉姬〉現在無法同時作戰與保護他人。
所以她選擇保護群眾。而且歐爾．格爾太過接近群眾，她非選擇這個選項不可。
因此，〈落第騎士〉黑鐵一輝必須獨自對付歐爾．格爾，直到史黛菈恢復為止。
在一分鐘內解決眼前搖搖欲墜的傢伙。
簡直綽綽有餘。
（這傻子對付完姊姊，剩下的力量和渣渣差不多。要把他碎屍萬段哪需要一分鐘！）
歐爾．格爾用絲線接上手臂，鎖定一輝，隨即出手。
「現在的我比史黛菈還要強，只要抓到你──」
他就能盡情料理一輝。
歐爾．格爾的武器就是雙手五指，他甩動五指延伸出的鋒利絲線。
將至今分散於全世界的魔力集中於絲線。
斬擊有如軟鞭，縱橫交錯，以千變萬化的軌道飛向一輝。

每一斬都能輕易劈開所及之物。
無論是地殼、大樓，無一倖免。
假如〈夜叉姬〉不在場，這地方早已化作血海。
一輝已經動用了〈一刀羅剎〉，他一旦中招，必死無疑。
對，只要命中他。
只要擊中分毫。
然而，至今不知有多少騎士，只因無法攻進那分毫而殞落。
「————哼！」
「咦!?」
一輝躲過所有肉眼難以追蹤的細絲斬擊。
歐爾・格爾不斷揮舞雙手，仍舊無法傷到一輝一根毛髮。
究竟是為什麼？
自己的力量、速度明明遠在他之上。
（敵人就近在眼前，為什麼沒辦法砍到他!?）
「可惡！」
歐爾・格爾暗自焦躁了起來。

不過眼前的發展天經地義，一點都不值得疑惑。

歐爾·格爾的攻勢不帶任何技巧或算計。

他只是憑藉蠻力和速度揮動絲線。

換作是艾莉絲這類「基礎」紮實的騎士，一輝或許還有所忌憚，但歐爾·格爾在戰鬥方面只是個大外行。無論他的力量和速度提升多少，都不可能傷到一輝。

〈落第騎士〉的交叉間距。

這就是〈劍神〉的領域。至今無數強者始終不得其門而入，飲恨敗退。

但歐爾·格爾的能耐無法理解這一點。

疑惑令他煩躁，原本粗糙的動作越來越粗暴，讓一輝有機可乘。

「唔、呃……!?」

下一秒，戰況逆轉。

一輝出手反擊。

他不畏歐爾·格爾的攻擊力，上前劈砍。

歐爾·格爾啟動〈死靈遊戲〉之後，攻擊力確實驚人。不過對一輝來說，一擊必死的狀況早已是**家常便飯**。

敵人增加再多攻擊力，他依舊游刃有餘。

再加上，他十分熟悉如何在戰鬥中化解力道。

一輝靈巧地拉近距離，看準歐爾·格爾的攻擊空檔，精準出招，不斷損毀這具會動的屍體。

對手馬上修補身體，化損傷於無物。但一輝已經徹底掌握戰鬥的主導權。

『好、好厲害！對方只能隨著馰馬爺起舞啊！』

『他離得那麼近，還是看穿〈傀儡王〉的攻擊了！』

『你都打贏〈黑騎士〉了！一定可以打倒他!!』

一輝的善戰使周遭受傷的士兵激動不已。

眾人期待這名F級騎士能一如往常，不斷顛覆他們的常識。

四周的熱情讓歐爾．格爾更加焦躁，表情扭曲。

（這傢伙到底是怎樣啦……！）

對方不剩一絲魔力。

使用〈一刀羅剎〉之後，應該連體力都早已超出極限。

他應該已經遍體鱗傷，光是能走動都稱得上奇蹟。

但是他為什麼還能繼續戰鬥？

一輝就近在眼前，還不斷往自己衝過來，自己卻怎麼也抓不住他。

歐爾．格爾承認了這一點，額上冷汗直流，某種感情油然而生。

那一天，整個世界顛倒的那一天，一股相同的情感烙印在心上。

——恐懼。

他害怕，害怕眼前這個超越自己理解的生物。

這是歐爾・格爾在世界上最討厭的一種情感。

「你這廢物，只是稍微會耍棒子而已!!少得意了!!」

歐爾・格爾吶喊著，想揮開恐懼，右腳奮力踏地，幾乎要踏碎整片地面。

腳趾朝地面施放蜘蛛絲，形成網狀──

「〈翻轉舞臺(Table Surprise)〉!!」

他以自己為圓心，扭動蜘蛛網，**直接翻轉**半徑十公尺的地板。

地板忽然往旁邊滑動，敵人必定會摔個四腳朝天。

只有一輝例外。

「咕嗚!?」

一輝精悍的軀幹在滑動的立足點仍能行動自如。

歐爾・格爾單手接觸地面，毫無防備。一輝奔過搖晃的地板，一刀斬去。

一輝的步調絲毫不受突襲影響。

他沉穩凜然的態度博得更大的歡呼。然而──

（不可以……!）

史黛菈近距離旁觀這場戰鬥，卻是臉色慘綠。

不單單只是缺氧貧血。

焦躁。

她已經看到這場戰鬥的結局。

一輝的確靠著高超劍術掌握主導權。
這個男人的潛力的確令人驚嘆。
但是，即便他實力高強，也不可能無中生有。
一輝今天對付〈黑騎士〉，已經使用了〈一刀羅剎〉。
他灌注自己所有的魔力、體力，打出這張鬼牌。
現在的他竟然還能繼續戰鬥，只能用「異常」來形容。
一輝恐怕做出難以想像的犧牲，換來這異常狀況。
（他的動作這麼笨拙……不只是疲勞的緣故……）
史黛菈比任何人都瞭解黑鐵一輝，所以只有她明白。

現在人人讚賞的一輝——其實十分不靈活。

他整體的動作非常遲鈍，只是巧妙地利用快慢掩飾。
原因不只是疲勞。
他的體格水準明顯降低了。
一輝恐怕是消耗肉體，勉強擠出體力。
他的犧牲不可能維持太久，很快就動彈不得了。
現在的一輝等同於一支即將耗盡的蠟燭。

（快點、動啊……！）

一分鐘**太慢了**。

史黛菈極力恢復全身生理機能。即便她擁有〈巨龍代謝〉，自身的意識絲線一度中斷，難以快速重新掌握軀體。

危急時刻終於來臨。

「煩死人了！你為什麼還要繼續抵抗？根本沒用啦！你自己很清楚啊！自己繼續在那裡東戳西戳，**根本沒辦法毀掉我**!!」

歐爾．格爾惱怒大吼。一輝答道：

「我知道。所以——**我**不需要打贏你。」

接著——

「史黛菈！妳聽得見吧！聽好了!!」

他這麼說：

「我會在這一刻赴死！！！」

「咦……」

「史黛菈應該已經明白這場戰鬥的結果！很遺憾，我沒辦法打倒他！我沒有足以擊潰他的手段!!我只能爭取時間，直到妳恢復戰力！說實話，我頂多只能拖延一分鐘，但我相信這點時間對妳來說很足夠了！」

所以自己說什麼都得拖過這一分鐘。他強調這一點——

「真的很對不起，我不能遵守昨天的約定了！可是請妳別忘記！史黛菈！遇見妳，是我這輩子最幸福的事！」

一輝化解歐爾・格爾的猛攻，大聲述說。

自己所有的感激與喜悅。

「正因為我在那一天，在破軍遇見妳，彼此競爭、相愛——我才能變得如此強悍!!若是從沒遇見史黛菈，我一個人不可能、也無法經歷這麼多！邂逅妳之後度過的每一分、每一秒，都不曾令我後悔！即使今天必須站在死亡邊緣，我仍舊非常珍惜與妳共度的一切!!」

這些日子對自己來說，是多麼引以為傲。

即便死亡近在咫尺，一輝仍然欣喜地揚起微笑。

彷彿在腦內重現那段時光。

並且——

「所以，史黛菈！我希望妳未來不論遭遇什麼打擊，千萬不要後悔與我相遇！別認為我們的關係只是一場錯誤！不是只有我因為那次邂逅而變強，對吧！」

他相信史黛菈和自己一樣，為兩人的愛而喜悅。

因此，一輝以耗盡餘力握緊〈陰鐵〉——

「讓我見識一下！我深愛的騎士究竟有多麼強大！！！！

發揮出妳遇見我以後累積的力量！！！！

而妳需要的捷徑——就由我來開闢！！！！」

上前一戰。

距離約定的一分鐘還剩十五秒。

他賭上性命，只為守護她到最後一刻。

史黛菈望著一輝的背影——

「——開、什麼玩笑啊啊啊啊啊啊啊啊啊啊啊啊啊啊啊！！！！」

她嘔血般地嘶吼道。

（他到底在說什麼鬼話！）

這是有生以來第一次。

她從來沒有這麼憤怒。

氣得腦袋快發瘋了。

她絕不認同。

她絕不會原諒這個男人剛才說的每一句話。

他們明明約定好了。

一定會活下來。

（你跟我約好了啊！！！！）

「快動！快動快動快動快動快動！」

史黛菈渾身發顫，拚命將力量灌入不聽使喚的四肢。

「快動快動快動！快點動快點動！快動啊！再不動，一輝會——！」

四肢仍然癱軟無力。

她舉起勉強能動的雙手敲打兩腿，卻感受不到一絲疼痛。

感覺還沒恢復。

正當史黛菈手足無措——

「啊啊啊！」

眼前的情勢變化令她忍不住尖叫。

開打後經過五十秒左右，一輝的動作忽然變得遲緩。

他並沒有受傷。

自噬作用產出能量原本就只是應急手段。

一輝不可能靠這種方法全力對付〈傀儡王〉歐爾・格爾。

他至今能勉強行動，全是仰賴高度專注力。

但他的專注力終於到了極限。

能量耗盡了。

一輝原本靠著急遽切換快慢與腳步迷惑歐爾・格爾，如今雙腳卻重如石塊，一動也不動。

歐爾・格爾不會放過這一刻。

他隨即進攻。

左手手刀刺穿一輝的心臟。

「！」

歐爾・格爾卻感覺不到刺穿獵物的觸感。

一輝的身影忽然化作雲霧，左手手刀正好停在一輝胸前。

他誤判距離？

不，是有人促使他誤判距離。

第四祕劍〈蜃氣狼〉。

以快慢兼具的步伐製造殘影，使敵人誤判距離。

一輝在雙腳停下的前一刻，以最後的力量布下迷陣。

上當的歐爾・格爾皺起臉。但些許誤判算不了什麼。他的左手隨即往旁一掃，以絲線揮出一斬。

一輝早就料到對方會從突刺轉向劈砍。

歐爾．格爾擁有的武器、攻擊方式、低戰鬥水準，依照這些資訊就能輕易推測出對方最可能接續的攻擊。

一輝在身體因能量耗盡停滯之前，就已經將〈陰鐵〉備在能接招的位置。

他接下了。

以直立的黑刀接下五條絲線斬擊。

對方的臂力能夠束縛史黛菈，隨手就將虛弱的一輝擊飛地面。

一輝借力往後方拉開距離。

而就在這一瞬間，一輝與歐爾．格爾的戰鬥正好經過一分鐘。

黑鐵一輝以傷痕累累的身軀對付〈傀儡王〉歐爾．格爾，按照自己的承諾順利爭取時間。

史黛菈也回應了一輝的氣魄。

她靠著〈龍神附身〉(Dragon Spirit)再生碎裂的四肢。同時，以巨龍的心肺功能加速全身血液流速，讓氣氣循環全身，強行克服生理機能障礙。

史黛菈以最快速度恢復運動能力，全力蹬地，準備前去協助一輝。

「——」

歐爾．格爾的右手也在同一時間，貫穿了一輝的胸口。

「——————」

歐爾．格爾並不笨。

他在〈陰鐵〉抵擋左手斬絲時，隨即讓絲線纏住對方身體，避免一輝借力逃離，阻礙一輝的計謀。

他奮力拉過一輝，右手手刀刺穿一輝胸口。

接著在一輝體內連接絲線——**立刻拔出手**。

下一秒，一輝的胸口從內側炸開。

絲線捆住胸骨，撕裂胸肌，將內臟連同鮮血拖了出來。

人類傷得如此嚴重，恐怕毫無挽回的餘地——

「史黛菈，我愛妳。」

〈落第騎士〉黑鐵一輝墜入血肉之海。

最後仍然展露自豪的笑容，告訴眾人，自己絕不後悔走上這條絕路。

◆◇◆◇◆

「…………啊哈。」

一輝倒臥在自己腳邊。

血泊逐漸擴散，四散的肌肉仍隱隱脈動。

「啊哈，啊哈，啊哈哈哈、哈哈、哈哈哈、哈哈！！！！」

〈傀儡王〉歐爾・格爾譏笑著一輝的慘狀。

「死撐了那麼久，結果一樣啊！掙扎到最後還是這麼慘！這麼慘!!這麼慘啊!!啊哈，啊哈，啊哈!!」

他的喉嚨彷彿抽搐似的，一邊哈哈大笑，一邊踩爛腳邊散落的內臟。

一次、又一次，一顆一顆仔細地踩扁。

最後，他一腳踏在一輝面向地面的後腦杓——

「好了，史黛菈，你開心了嗎？」

望向沒趕上最後一刻的史黛菈。

「————」

眼前的現實令人難以接受，史黛菈的臉上失去所有情感。

萬一她意識到事實，精神可能無法保持正常，心理防衛機制暫時關閉自我感性。

一輝已經不成人形，只剩一堆肉塊。她拖著沉重的腳步，走到一輝身旁……癱坐在地。

不過——

「啊哈，一輝變成這副德行了，好可憐喔。」

眼前的邪惡不容許她逃避現實。

「史黛菈要是及時發現我死後還能活動，就不會被偷襲，他也不會送命。不對，說到底，他要是沒遇見妳，繼續當個平凡的F級，就不需要跑來這種鬼地方，還死得像是被狗啃過啦！」

他把一切攤在史黛菈面前。

逼她直視這殘酷的現實。

刻意強調事實的另一面向，刺激史黛菈的心智。

緊接著——

「這些全部、全部、全——都是妳的錯！是史黛菈殺死了一輝！！！」

他當著史黛菈的面，踩碎一輝的頭顱。

「一……………………輝……………………啊……………」

顱骨支離破碎，腦漿飛濺。

當腦汁濺溼了臉頰——

啪嘰一聲。

史黛菈維持理智的最後一根絲線——應聲斷裂。

「啊……啊……啊呃、啊……啊啊啊啊啊啊啊啊啊啊啊啊■啊啊啊啊啊啊啊啊啊啊啊啊■嗄啊啊啊啊啊■啊啊啊啊啊啊啊啊啊啊、啊啊啊啊■■■啊啊啊啊啊啊——！！！！！！！！」

下一秒，史黛菈淒厲嘶喊，同時渾身湧現熱焰。

灼熱幾乎使天空焦黑，哀號令聞者痛徹心腑。

這是精神死前的悲泣。

理智無法承受的龐大絕望，逐漸毀壞史黛菈的心神。

於是——

「■■■啊啊■■啊啊啊■■■阿■■■■阿■■■■■■■■啊啊呃■■■！！！！！！！！」

崩潰的精神漸漸呈現出**肉眼可見的外型**。

悲痛號哭變為非人的嘶吼，史黛菈身處光熱中的人形剪影慢慢有所缺損。

仰天的頭部長出兩根利角，背部伸展出骨節凹凸的雙翼，尾椎變長，化為一條長尾巴。

史黛菈崩潰的心神引發了〈超度覺醒〉。

經歷〈覺醒（Brute Soul）〉的非人之魂牽引肉體，進而喪失人性。

〈超度覺醒〉。

「……！」

〈夜叉姬〉西京寧音見狀，頓時臉色發青。

〈超度覺醒〉和發揮潛能**完全不一樣**。

而是化身成異於自我的存在。

單靠理智無法控制這股力量。

寧音已經親身體會過，所以——

（完蛋了!!這麼龐大的熱能，萬一在人潮中央失控——！）

「快逃——！！！！離她越遠越好啊——————！！！！」

她吼道，要求下方的眾人盡快避難。

但她也隱約察覺到。

來不及。

從高處俯視戰場，視野所及之處擠滿奎多蘭國民。

受傷的士兵無法帶著所有人逃跑。

另一方面，歐爾．格爾早早逃離史黛菈的熱能，在遠處為她的瘋狂拍手叫好。

「啊哈！　啊哈！　啊哈！　好極了！　史黛菈真是棒呆了!!

我就想聽這哭喊（聲音）！

我就想看這哀嘆（表情）！

我就想感受這份絕望——!!

啊啊，好甜……！太美味了……！整個人好像快融化一樣……太痛快了！

竟然能嘗到這種美妙滋味，人生果然是愉快又刺激啊！」

史黛菈親眼目睹摯愛逝去，嚎啕痛哭。

法米利昂的人們眼睜睜看著史黛菈崩潰，無比絕望。

寧音絞盡腦汁，苦思如何解決眼前的困境，焦躁不已。

群眾眼見光熱隨時都會爆炸，混亂逃竄。

混沌不明的情緒震動空氣，傳來一陣陣動盪。

這一切都為歐爾．格爾帶來無上的愉悅。

但是——

「可是……！可是啊！還沒完！還不夠！你們平常笑得比我更開心！我也想和你們一樣，露出最美好的笑容，開懷大笑啊！」

© Won

對，就像村人為自己慶祝生日的時候。

自己還沒笑得像他們一樣開心。

這太不公平了。

既然每個人都有權利獲得幸福，自己也想笑，笑得跟他們一樣燦爛奪目。

那眼前的慘狀顯然不夠悽慘。

「來，妳要哭得更大聲！氣得更發狂！絕望到極點！然後把所到之處毀得亂七八糟！對，史黛菈要親手破壞自己至今守護的一切!!這齣喜劇——**正適合為即將到來的破壞與混亂年代揭開序幕——！！！！**」

他想看到更多痛苦、更多絕望。

歐爾．格爾渴望更多，他伸出了絲線。

準備操縱她，為她推上最後一把。

將她逼入無法挽回的逆境之中。

歐爾．格爾原本是如此盤算。

「■■～～～～～～～～唔唔唔嗚嗚嗚嗚嗚啊啊啊啊啊啊啊啊啊！！！！」

「——!?」

歐爾．格爾的絲線並未觸及史黛菈。

當絲線延伸，正要捆住她全身。

史黛菈——忽然主動一頭撞上地面。

「呃嗚、呃嗚、呃嗚唔唔……」

她的額頭緊貼著地，撞了又撞，彷彿在發洩內心的憤恨。

一次、又一次。

她的舉動顯然是失去理智。

〈超度覺醒〉讓她喪失自我了？

她親眼見到深愛的男人死去，這也是無可奈何。

——但是，眼前的狀況卻顯得更加詭異。

她的舉止看似狂亂，方才瀕臨爆發的光熱卻又急速冷卻，漸漸喪失亮度及熱度。

「……這反應跟我期待的不一樣。」

歐爾．格爾不滿地皺眉。

他希望史黛菈情緒失控，燒死周遭的人群。

照她的處境來看，失控才是理所當然。

事實上，史黛菈現在的模樣也稱不上「人類」。

肌膚變色黝黑，處處布滿有如龍鱗的紋路。翅膀、尾巴、大角——

這全是〈超度覺醒〉帶來的異常變化。

但她仍未失控。

「一輝是為了保護史黛菈，才勉強自己戰死耶？是妳害死他的，妳應該氣得更瘋狂呀？應該哭求他原諒呀？還是史黛菈比我想像中冷漠呀？」

歐爾·格爾以為是刺激不夠，再次試圖以語言刺傷史黛菈。

緊接著——

「少在、那裡……自說自話——————！」

史黛菈嘔血般地吶喊。

口中不再是怪物的咆哮。

◆◇◆◇◆

「少在、那裡……自說自話——————！」

她並不是在反駁歐爾·格爾。

史黛菈根本**完全聽不見**歐爾·格爾的聲音。

那麼她是在對誰吶喊？

對誰怒吼？

吼叫的對象正是已經慘死當場，她深愛的這名男人。

「大騙子……！」

她抬起頭。

雙眸盡是無窮盡的悲傷熱淚，以及噴火般的憤怒。

她凶狠地瞪著一輝支離破碎的殘骸——

「你明明說自己會活下來！說你絕不會把我身邊的位置讓給任何人！」

責備。

痛斥。

怒罵他不守諾言。

「一輝大騙子……！」

自己從未想像過。

世上竟然存在如此難耐的痛苦。

自己居然必須經歷這般痛楚。

悲傷擠滿胸口，令她無法喘息。

無法承受的悲苦彷彿隨時會壓碎心臟。

不、她寧願就這麼窒息。

寧願讓悲痛擠破心臟，一命嗚呼。

若是能直接死去，不知有多痛快。

失去的事物，無法挽回的人。

她若能忘記這一切……不知有多輕鬆？

「～～～～～～～～……！」

然而——

——希望妳千萬不要後悔與我相遇。

一輝卻對自己說道。

說他無比慶幸遇見自己。

說他愛著自己。

那個男人口口聲聲說愛，卻強迫自己承受這份痛苦。

就是這一點，**不可原諒**。

他既然深愛著自己，一定明白自己被獨留在世上，會是什麼心情？

因為愛他，希望他能活下來。

寧可他捨棄自己，也希望他能活下來。

她只希望一輝別死。

「我當然不要一輝保護我而死啊……！你怎麼可能不知道!!」

這個男人明知道自己的願望，卻視若無睹。

這是第一次。

她有生以來第一次如此氣憤一個人。

「我不原諒你……！絕對饒不了你!!

叫我不要後悔!?誰理你！

是一輝先踐踏我的心願！

開什麼玩笑！憑什麼只有我得照你的意思去做！」

沒錯。

她才不管一輝的期望。

她根本不想讓對方稱心如意。

所以──

「我不後悔和一輝度過這段時光！但那是基於我自己的意志！」

「──!?」

史黛菈的目光從一輝的屍體，轉向錯愕僵硬的歐爾．格爾。

即便她傷心欲絕，悲痛到無法呼吸。

她絕不捨棄，絕不忘記一切。

她將所有信念鎖入即將迸裂的心扉，站起身，選擇戰鬥。

一輝面對自己的死期，仍然自豪至今經歷的一切。

她與一輝邂逅、競爭、相愛過的所有時日，她同樣引以為傲。

她不可能把這段過往當成一場錯誤！

「如你所願，就讓你見識見識……！

我與一輝相遇之後，我的力量究竟變得多強悍！

史黛菈．法米利昂追逐你的背影，究竟成長了多少！

我馬上就會超越一輝！變得更強，把你遠遠拋在後頭！我絕對要讓你悔不當初，後悔自己選擇從我身邊消失！！！！」

史黛菈說完，舉劍備戰。

準備踏上黑鐵一輝以生命連結的道路。

就在此時──

「哥哥是保護妳而戰，妳可說得真過分。」

「——咦？」

耳邊傳來熟悉的不悅嗓音。

這個人不可能在這裡。史黛菈下意識看向聲音來源。

就在前方——

「不過，妳**自己恢復理智**這點倒是值得讚賞。假如妳敢說後悔遇見哥哥，我會再狠狠打飛妳一次。就像校內選拔那時候一樣。」

出現一名身材小巧的女孩，她那頭耀眼銀髮隨風搖曳。她正是〈深海魔女（Lorelei）〉——黑鐵珠雫。

◆◇◆◇◆

「史黛菈同學，好久不見了。好一陣子沒見，妳倒是晒得全身焦黑。我記得現在不流行山姥辣妹打扮了呢。」

珠雫隨口調侃。史黛菈見到她，詫異地瞪大雙眼。

「為什麼妳會在這裡……!?」

「聽說法米利昂小國人才寡，缺少熟悉治癒術的人才，〈聯盟〉總部特地向加盟國要求追加醫療小組人員。原本應該由〈白衣騎士（老師）〉前來，不過日本現在也狀況不佳，就由我暫代她的位置。」

但就算不需要代理人，她也會自願前來支援。珠雫答完，邁步走向史黛菈。

一輝的遺體……也在同一處。

「我還以為是誰咧。原來是一輝的妹妹，被天音玩到變破布的那個小妹。啊哈，真巧真巧，妳真會挑時機呢。」

歐爾．格爾拼拼湊湊的臉孔勾起扭曲的笑意。

「如妳所見，妳心愛的哥哥已經變成地板的汙漬了，妳現在是什麼心情呢……！妳就像剛才的史黛菈一樣大哭大叫，讓我聽聽妳美妙的吶喊吧！」

歐爾．格爾藉由平賀玲泉知道了珠雫。

也知道她多麼仰慕兄長。

不過——

「真是的，每次都這麼勉強自己。真拿他沒辦法。」

「……！」

珠雫望著摯愛兄長四散的遺骸，眼神十分溫柔，卻不見一絲慌亂。

不僅如此——

「正因為他總是這麼賣力，我才會愛上他。史黛菈同學……我們總是得為他勞心焦思呢。」

她朝史黛菈聳了聳肩，困擾地輕笑。

她的雙眸沒有絲毫動搖。

毫無掩飾的愛情，讓那雙眼瞳洋溢著溫暖的光彩。

「珠、雫……？妳為什麼能這麼……」

珠雫異於往常的態度讓歐爾．格爾及史黛菈一頭霧水。

換作是平時的她，現在早該對歐爾．格爾出手了。

的確，他們對於珠雫的認知是正確的。

珠雫本人也這麼認為。

換成不久前的自己面對兄長的死，恐怕早已大肆哭喊，四處發洩憤怒。

——沒錯，好比是七星劍武祭決賽。

一輝由於〈厄運〉(Bad Luck)紫乃宮天音的〈女神過剩之恩寵〉(Nameless Glory)，瀕臨死亡的時候。

正因為如此——

「史黛菈同學才是，何必一臉嚴肅呢？讓哥哥丟下我先走一步——**我怎麼可能讓這種蠢事發生第二次？**」

「呃？」

周遭的人們困惑不已。珠雫走出一步，來到史黛菈面前，比她更接近一輝。

接著，她跪在兄長的血泊中，雙手合十，祈禱似地闔上雙眼。

腦內浮現那一天的恐怖與悔恨。

——兄長陷入生命危險，自己卻束手無策。

兄長離家時，自己明明那樣後悔。

她已經發誓絕不重蹈覆轍，未來要陪伴兄長一輩子。

她卻只能悲泣、激憤……最後抓住霧子這個最後的希望。

她無力阻止。

只能眼睜睜看著兄長的背影遠去。

她……不能再露出那副醜態。

當時算是不幸中的大幸，霧子在最後一刻及時趕上。

兄長天生愛逞強，肯定會再發生相同的狀況。

萬一自己無力從死神手中保護兄長，自己一定會在未來的某一天失去他。

所以珠雫才前往霧子身邊求教。

她保持清晰意識，咬緊牙根，強忍遭切割般的劇痛，親身體驗〈白衣騎士〉那世界頂尖水準的治癒術，徹底吸收所有的知識與技術。

她已經和只能哭哭啼啼的自己訣別。

眼前的黑鐵一輝……已經死了。

這是鐵錚錚的事實。

珠雫也很清楚。

現在無論用上何種治癒術，即便藥師霧子在場也回天乏術。

人類漫長的歷史中，至今從未有人能完美地復活死者，這一塊仍是未知領域。

一輝不會再復活。

此為定律。此為道理。此為命運。

那又如何？

自己無論如何都不允許有人奪走兄長。

在這世上，自己只允許一個人這麼做。

只因為她能讓兄長開懷大笑，只有她一個人。

神明若是蠢到想從自己手中搶走兄長，她會遇神殺神；

倘若命運決定拆散自己與兄長，她會親手打破這莫名其妙的準則。

她一定辦得到。

其他人來說不可能，但黑鐵珠雫絕對做得到。

——因為黑鐵一輝的幸福就是黑鐵珠雫的騎士道！即便面臨絕望的現實，她的道路仍毫不動搖！

生死輪迴，皆為瑣碎之事。

我的愛足以改寫命運。

「〈水色世界〉。」

◆◇◆◇◆

咒文一出，珠雫全身散發魔力光芒。
那青藍之光並不刺眼，溫潤柔和。
光芒聚在珠雫背部，形成看似天使羽翼的外型。
珠雫靜靜展開羽翼，帶著微光的羽毛翩翩落在一輝的遺體上。
一瞬間。
藍色燐光分解了一輝的血肉。
史黛菈見到這現象，隨即理解珠雫的用意。
「這是……在一輝身上使用〈水色輪迴〉……！」
「是。我改良了〈水色輪迴〉，讓這項伐刀絕技用於他人。我使用〈水色世界〉先將哥哥分解成細胞，重新構築肉體。」
「妳真的做得到這種事!?」
「不然我怎麼會這麼冷靜？」
她的話十分有說服力。
珠雫是當真打算復活一輝。
「史黛菈同學，聽好了。我一定會救活哥哥，只有我才做得到。而妳也一樣，有些事只有妳做得到。」

珠雫說著，睜開雙眼，瞪向前方的**屍體**。

「奎多蘭的王子分明已經將那傢伙的頭撞得粉碎，現在卻完全恢復原狀。但史黛菈砍傷的軀幹部分大多只用廢鐵補強。我的〈水色世界〉能夠完全治癒人體，而那個人渣的〈死靈遊戲〉只是強行將四散的肢體連接在一起，勉強活動。換句話說——」

「**他沒辦法操作化成灰的軀體**，對吧？」

不需要珠雫指點，史黛菈早就察覺這一點。

〈傀儡王〉的操縱技術再精巧，也無法操縱灰燼。

史黛菈一定能攻克〈死靈遊戲〉。

總之只要將他全身燃燒殆盡，連顆細胞都不留。

「所以一輝犧牲自己也要將機會留給我……」

「既然妳已經明白，那就快點解決那堆垃圾。太礙眼了。」

珠雫說完，再次閉上眼，專注於施術。

一輝散落的屍塊一一分解，化作燐光飄浮在珠雫身邊。

說實話，史黛菈很擔心，不知道珠雫是否真能從那種狀態下復活一個人。

但是她強壓下這份擔憂。

她也成功壓抑住了。

她知道珠雫值得信賴。

珠雫治得好一輝。

一定可以。

所以自己也必須完成自己該做的，一輝遺留下的工作。

為此——

「各位聽我說————————————！！！！」

史黛菈放聲大喊。

她向戰場上所有法米利昂與聯盟的士兵喊道：

「我現在要盡全力宰了這個人渣！沒心力顧慮你們，大家要自己保護其他人！也幫幫動不了的人，誰都不准死！我、大家——還有一輝！我們要一起活著回到法米利昂!!」

『公主殿下……！她恢復正常了！』

『沒、沒錯！我們的史黛菈還在戰鬥！大家不能放棄！』

『還站得住的傢伙往前站！我們要保護傷兵和奎多蘭的國民！』

『『『喔喔喔喔喔喔喔喔喔————————！！！！』』』

在史黛菈的激勵下，整支軍隊以法米利昂兵為中心，逐漸恢復紀律。

眾伐刀者挺身而出，成為所有人的盾牌，以歐爾・格爾為圓心，向外排成半徑三十公尺的大圓。他們成為防護網，隔開歐爾·格爾與奎多蘭國民。

另一方面，一般士兵帶著傷者退到防護網後方，整頓仍身陷恐慌的奎多蘭國民，率領眾人避難。

合作流暢，行動確實。

眾將士不再慌亂。

史黛菈面臨絕望仍然堅守崗位，這樣的她再次點燃他們的鬥志。

「喂，史黛菈！妳真的沒問題⁉」

其中只有寧音擔心地叫住史黛菈。

史黛菈異於常人的奇特外型。

那是以自身人性交換力量。寧音親身體驗過，所以顯得更加憂心。

不過——

「沒問題。」

史黛菈一秒回答了她。

她的語氣堅定，告訴寧音無須操心。

史黛菈達到〈超度覺醒〉時，也和寧音感覺到相同的情感。

衝動宛如激流，現在仍在心頭劇烈盤旋。

她對於歐爾·格爾的狂怒依舊激烈。

她只要稍微鬆懈，激昂的情緒會隨即啃食自己的理智。自己恐怕會瞬間化身滿懷憎惡的野獸，任憑憤怒與悲傷燒盡在場所有生命。

但是她剛才那句「沒問題」，絕不是在逞強。

她的果斷沒有分毫虛假。

因為——她**並不後悔**。

憤怒與哀傷的奔流吞沒了史黛菈，但她仍然不後悔遇見一輝。所以史黛菈仍然凝視著。

令她日夜追逐，那道鋼鐵般的背影。

只要她不追丟那道背影——

「我不論經歷任何事，都不會迷失自我。」

那她就應該使用「力量」。

史黛菈的技巧不如一輝，無法完全封鎖對手。

她必須動用更強大的力量，才能制伏〈死靈遊戲〉。

史黛菈強調這一點。

並且直視寧音的雙眼。

寧音沉默片刻，答應了她：「好啦。」

「不過妳絕對要避免拖長時間！就一發！妾身賭上〈夜叉姬〉之名，就接妳一次全力一擊，保護在場所有人不被**妳的力量**所傷!!所以妳不用顧慮周遭，給我一發解決掉！」

「是！」

史黛菈用力點頭。

這下再無後顧之憂。

她重新瞪向歐爾・格爾。

「你們在那裡晦什麼呀……」

歐爾・格爾低語著，焦躁程度超乎以往。

「一輝會復活？怎麼可能啊。一輝已經死了！你們看到那堆破爛屍塊還搞不清楚狀況，腦子是不是有問題啊！」

他口氣粗暴，表情憤怒抽搐。

歐爾・格爾殺死一輝，就是想看史黛菈悲痛欲絕，情緒失控之下自我毀滅。

史黛菈的心靈卻遠比歐爾・格爾的預想還要強悍。她面對絕望仍未迷失嚮往的目標，不但自己重新振作，還連帶激勵旁人。

歐爾・格爾見到這景象，自然不愉快到極點。

這個男人想到的下一步，便是——

「那我就再多殺一點！那群廢物怎麼可能擋得住堂堂〈傀儡王〉的攻擊!!我倒要看看妳能逞強到什麼時候！」

歐爾．格爾說完，隨即行動。

他的粗暴舉動藏不住焦躁，舉起右手劃出一線。

銀光如長鞭般甩動，騰空而起。

寧音扭轉了歐爾．格爾至今的攻擊，但她現在為了從史黛菈的全力攻擊下保護眾人，保留所剩不多的氣力。歐爾．格爾的惡意順利觸及列隊的士兵——

『『喔喔喔喔喔喔喔喔喔喔喔喔喔喔！！！』』

並且硬生生彈開了。

「咦……!?」

『痛死我啦啊啊啊啊，可是——』

『彈回去啦！想做還是做得到啊！』

『很好！把靈裝借給前方士兵！用靈裝當盾牌就不會輕易毀掉！』

『後方的人在衝擊瞬間要支撐好前頭！力氣可別輸給他！』

士兵變換陣型。

眾人面對歐爾．格爾，反而刻意向前進。

他們把圓陣縮減到半徑二十公尺，縮短戰線以加強防線厚度。

最前方的士兵以靈裝為盾，後方士兵負責支撐前方，第三列則支撐第二列，再加上第四列、第五列——

法米利昂與聯盟築起整道戰線，以不輸給大軍的人牆戰術，勉強擋下歐爾・格爾的一擊。

『丹達利昂局長！這麼做就行得通了吧！』

老劍士用力點頭。他與珠雫一同趕到，並且指揮軍隊列隊作戰。

「正是。一人無法承受，就全部人攜手承擔。我軍人多勢眾——和那男孩不一樣。」

「唔！」

歐爾・格爾遇上預料之外的抵抗，更加心煩意亂。

「那我就——」

他接著瞄準正在治療一輝的珠雫。

珠雫仍留在軍隊圓陣的內側。

一輝的屍體還在內側，她動彈不得。

歐爾・格爾知道物理攻擊對珠雫無效，但她或許無法將這項魔法同時使用在自己與他人身上。再說，她現在正在施展分解人類的複雜魔法。即使攻擊無效，只要能稍微擾亂她，想必會引發可怕的結果。

這就足夠了。

這麼做就足以達成他的惡意。

「喝啊啊啊啊啊啊啊啊啊啊啊啊啊！！！！」

「！」

他的惡意遭到攔截。

覆上火焰的斧頭擊開了斬絲。

「孤可是那女孩的父親！怎能讓你輕易越界！」

席琉斯以強壯身軀為盾，站在前方保護珠雫和一輝。

兩次。

空有人數的小嘍囉兩次擋下了自己。

歐爾．格爾不由得惱怒地咂舌。

「呿！只會成群結隊的無能渣滓，你們幹麼這麼努力！沒用沒用全部都沒用啦！我馬上就用〈提線人偶〉解決你們……！」

操縱席琉斯一行人，他們就束手無策了。

但是——

「我才不會讓你得逞——！！！！」

「唔嗚！」

史黛菈當然不會眼睜睜看他出手。

異形龍翅不同於火翼，擁有實體。史黛菈使勁振翅，加速奔馳。

她以前所未有的速度逼近歐爾．格爾，揮劍劈砍。

「喔喔喔喔喔喔喔喔喔喔喔！！！」

她相信眾人，猛攻之中毫無罣礙。

但肉搏戰對歐爾．格爾也是求之不得。

歐爾．格爾的「傀儡」能力集中在自己的肉體，論力量，他可是在史黛菈的巨龍臂力之上。方才的戰鬥已經證明這一點。

「〈武鬥戲服（Punk Decoration）〉！」

歐爾．格爾換上以靈裝絲線縫製的堅固服裝，抵擋史黛菈眼花撩亂的攻勢。

〈死靈遊戲〉已經徹底強化他的雙拳，他利用這對武器挑起近身格鬥。

畢竟雙拳比絲線容易發揮威力。

但是──

（好重……！）

史黛菈的第一刀就摧毀歐爾．格爾的計謀。

她的劈砍威力經過提升，早已超過歐爾．格爾的想像。

這一點也不意外。

史黛菈現在的肉體歷經〈超度覺醒〉。

成了與非人之魂相匹配的妖異外型。
人類的肉體無法與她現在的體格相提並論。
史黛菈的力量足以隨手玩弄歐爾·格爾，徹底壓制他。
周遭的士兵見狀，一時之間熱血沸騰。
數十萬人齊聲吼叫，聲援史黛菈的呼聲如同地鳴。
「唔〜〜〜〜〜！」
呼聲帶給歐爾·格爾極大壓力，鼓舞了史黛菈。
史黛菈將鼓勵化為力量，攻勢逐漸猛烈。
歐爾·格爾無力抵擋，身體些微失衡了剎那——
〈妃龍罪劍〉終於斬飛歐爾·格爾一隻腳。
『喔喔喔喔！成功啦！』
『公主殿下，一口氣幹掉他吧——！』
斷腳隨即被火焰吞噬，一掉落地面便碎成黑灰，歐爾·格爾隨即跌坐在地。
這是決定性的一刻。
史黛菈當然不會放過大好機會。
她迅速一腳踩上歐爾·格爾的胸膛，將他壓制在地，揮下〈妃龍罪劍〉。
「勝負已分！你孤獨一人是絕對贏不了我們！」
最後一擊迎面而來。

光熱之劍只要一接觸歐爾・格爾的肉體，就會瞬間燒毀全身每一顆細胞。

歐爾・格爾在面臨「毀滅」之際，腦內湧現村人慶祝自己的生日時，那一張張燦爛的笑容——

「我又不是自願孤單一個人！！！！」

「！！！」

「我懂事的時候**就已經是這個樣子**！我的價值觀和別人完全不一樣，又沒有人願意理解我！那妳叫我該怎麼辦!!我根本沒辦法呀！」

他大吼。

歐爾・格爾吼出內心爆發的憤慨，右手握拳，一拳打向史黛菈。

被人踩住胸口，這拳頭不可能打得到對方。但是，**他是人偶**。

歐爾・格爾截斷自己的右手，拉長攻擊距離，直接揍向史黛菈的下顎。

完美的反擊。

史黛菈的身體被硬生生打上天空。

這點程度傷不了史黛菈——

——但他成功拉開距離。

「我沒有錯！是你們擅自排擠我！

就像現在一樣，大批人包圍我，說自己才是正確的，手裡抓著自私自利的歪理打算殺死我!!

還笑得那麼開心!!

惡魔！你們這群拿『正義』掩飾自己的惡魔！

那我也要笑給你們看！張口嘲笑你們的死亡！

既然你們仗著力量橫行整個世界，我要殺光你們，

踐踏你們靠『力量』撐起的『正義』，

創造一個我可以大笑的世界——！！！！」

歐爾·格爾齜牙咧嘴地怒吼，全身噴發漆黑光暈，抹黑整個世界。

他朝空中的史黛菈伸出左手。歐爾·格爾解除〈武鬥戲服〉，放開手中所有的斬絲，中指與大拇指交錯，施展自身最強大的伐刀絕技——

〈殺戮戲曲（La Grand Guignol）〉。

其威力遠遠超過〈殺人戲曲〉。

這項伐刀絕技堪稱〈傀儡王〉名副其實的最強攻擊力。一次攻擊足以將商業區數十萬——不、是將所有身在路樹爾的人類碎屍萬段。

歐爾·格爾打算以這場殺戮劃下戰爭的句點。

史黛菈靠著戰鬥直覺，從歐爾·格爾的神情、激烈的魔力光芒（Aura）感受到這一點。

那麼她絕不能退卻。

史黛菈也很明白。

伐刀者的戰鬥即為爭奪命運。

眼看敵人使盡渾身解數，出手抓取勝利，此時一退便毫無勝算。閃躲戰鬥就無法開拓命運。

只要贏得下一次交鋒，就能奪取勝利。

「煉獄之焰，貫穿蒼天！」

她來到高空之上，同樣施展自身最強大的伐刀絕技。

熾烈的紅蓮焰火逐漸提升彩度，變作白日，灼燒夜晚的路榭爾。

但太陽如此明亮，仍然存在無法驅散的黑暗。

天之白日，地之黑暗。

兩色魔力光芒足以掩蓋世界。

但這兩道色澤相反的極光——絕對無法長久共存。

決戰時刻來臨。

龍翅向上拍打空氣。

〈紅蓮皇女〉順著力道向下加速。

劍尖直指〈傀儡王〉，迅速逼近。

〈傀儡王〉見狀，也將魔力凝聚於左手。

魔力凝集至極限，釋放斬絲，欲將四周的一切，連同逼近的白日破壞殆盡。

距離逐漸拉近。

極光互相碰撞。

黑與白交織抗衡。

緊接著──

「燒盡一切！〈燃天焚地龍王炎〉────────────────！！！！」

「歡聲雷動！〈殺戮戲──」

就在這一瞬間──

「────────────嗄？」

數道龜裂忽然爬滿歐爾．格爾的身體各處。

◆◇◆◇◆

史黛菈一開始焦急過頭，沒有察覺。

後來仔細回想，才發現那些不自然的異狀，也大到令她無法忽視。

一輝和歐爾・格爾的一分鐘攻防。

史黛菈凝視那一切，清晰地記得。

扣除最後一擊，那場戰鬥的局勢是一面倒向一輝。一輝一次次砍傷歐爾・格爾，然而他的刀刃在戰鬥中砍中的次數，**並不符合歐爾・格爾修復傷口的次數**。

後者少了前者數次。

史黛菈比任何人都深知黑鐵一輝的恐怖，她馬上就明白原因。

妳需要的捷徑——就由我來開闢。

一切正如同一輝的這句話。

這瞬間發生的現象即為解答。

刀痕忽然爬滿歐爾・格爾全身。

這刀痕並非出自史黛菈之手。

是〈落第騎士〉黑鐵一輝。

他透過剛才的戰鬥爭取史黛菈復原的時間，同時使用了兩種刀斬。

一是普通斬擊，做為障眼法。

另一種才是真正的攻擊，用意在於為這場戰鬥定勝負。

這是一種刻劃刀痕的延遲性刀斬。斬擊過於鋒利，**對手無法察覺身上的刀痕**，必須施加一定力道或動作，刀痕才可能撕裂成傷——

第五祕劍——〈狂櫻〉。

單發劈砍砍上再多刀，歐爾·格爾仍舊不痛不癢。

那就**延遲決勝的時機**，劃上刀痕，好讓刀痕在定勝負之時同時迸裂。

沒錯，一輝不只是捨身爭取時間。

歐爾·格爾的武術能力低落；

史黛菈會緊盯自己的戰鬥；

包括大混戰這種戰鬥形式。

他聰穎地分析所有相關要素，事先奠定足以決勝的基石。

以便讓史黛菈繼自己之後，能確實戰勝敵人。

於是——他的計謀的確引出預想中的結果。

（為、什麼？）

突如其來的傷害。

歐爾·格爾腦中一片空白。

他的驚愕成為致命傷。

近十道刀傷浮上檯面，〈殺戮戲曲〉因而散亂、扭曲，無法維持招式外型。

這副慘狀不可能承受得了史黛菈的衝鋒——

「呃啊！？！？」

絲線扭曲斷裂，史黛菈的〈妃龍罪劍〉捅入歐爾・格爾胸腔，將他的身體釘上地面。

「我說了，你會輸給我們。」

她說道，同時發動〈燃天焚地龍王炎〉。

火焰瞬間熔解大地，光熱化作高柱直衝雲霄。

幸虧〈夜叉姬〉以重力抵擋，不然這股高熱足以燒死商業區的所有人類。

歐爾・格爾慘遭火焰直擊，更是撐不了片刻。

本該是如此——

「不要！不要啊啊啊啊！我不想消失、我不想消失——！」

歐爾・格爾即便火焰席捲全身，仍然極力掙扎。

死到臨頭，他更沒心情維持演技。

手腳不斷拍打、死命抵抗。

甚至灌注所有剩餘魔力，想要抵擋〈燃天焚地龍王炎〉。

但一切無濟於事。

畢竟火焰的中心——〈妃龍罪劍〉貫穿了他的胸口。

歐爾・格爾終究無力抵擋大劍迸發的光熱，肉體慘遭火焰吞噬，指尖、腳尖開始漸漸化為黑炭、碎成灰燼。

© Won

「這、這太過分了！大家總是聯合起來想要消滅我！我又不是自願變成惡棍！可以的話我也想生在光明那一邊啊！**為什麼誰都不肯幫我啊啊啊啊啊啊！**」

史黛菈聽著歐爾．格爾的慘叫，答道：

「你的遭遇……的確是很悲慘。」

他扭曲的心靈，無法理解那些理所當然的幸福，更不被他人接納。

他就帶著這樣的內心誕生在世上。

不但天生心靈扭曲，更喚醒了強大的天賦。

換作是自己該何去何從？史黛菈完全無法想像。

這處境究竟是何等的孤獨。

但是……

「即便如此，仍然有人賭上性命去愛你。」

「……!?」

沒錯。

正如他所言，「正義」或許是一種暴力。

他承受這些暴力，會憎恨世界也是無可奈何。

但是，即使如此——即便世界如此虧待他。

他仍然有機會逃離這份孤獨。

誰都不肯幫他？他錯了。

確實有人願意幫助他。那位女子拋棄了自己珍視的一切，甚至反抗世界，只為了歐爾‧格爾而戰。

「但是，**你卻視而不見……！**」

「嗚、啊……」

「你想恨我儘管恨！

要憎恨世界也無所謂！

但我不准你說什麼沒人幫助你！

我不許你忽視她那份偉大的親情！

你現在會孤獨消失，絕對不是因為『正義』！

原因其實更簡單、更單純——

只因為你從未真心愛過一個人！！！！」

以前的他懷抱這份扭曲，要他去愛家人或周遭的人們，或許難上加難。

但今天的艾莉絲不同於那些人。

今天的艾莉絲明明比任何人都深受歐爾‧格爾的扭曲所害，卻仍然視他為家人，試圖保護他。

假設歐爾‧格爾回應了艾莉絲的親情，或許能改變什麼。

或許能為他的下場帶來些許變化。

他卻放棄這個選項。

歐爾・格爾自己的確做出選擇。

那麼，歐爾・格爾絕非遭「正義」欺壓的可憐孩童。

而是時時刻刻只看著自己的卑鄙小人，既膽小又自私。

「唔、啊、啊啊……」

史黛菈揭穿這無從反駁的真相，話語比刀刃更加傷及歐爾・格爾的內心。

如今一切無法挽回。

自己或許有機會改變。直到這一刻，歐爾・格爾才後悔萬千——

「哇啊啊啊啊啊啊啊啊啊啊啊啊啊啊啊——！！！」

嚎啕大哭。

他甚至無法驅動一根手指，只能任憑情緒在體內爆發。

他的悔悟——

慟哭——

一切的一切葬送於火焰之中——燃燒殆盡。

所有事物化為灰燼，火焰熄滅，夜晚再度降臨。

成為荒地的商業區忽然颳起陣陣強風。

強風擄獲了他遺留的骨灰。

世界彷彿要否定他的一切，徹底消滅他的痕跡。

在灰燼即將遭強風全數捲去之前，史黛菈伸出手——

「我一開始的確想把你撒進海裡……但她那麼努力，我勉強看在她的面子上，讓你們合葬。」

抓住一把骨灰。

接著——

「都後悔到大哭了，在另一個世界記得好好向姊姊道歉。」

她無奈地低語，轉過身去。

她緩緩走回眾人身邊，他們正殷切期盼她的回歸。

她高舉黃金巨劍，宣告自己的勝利。

於是……法米利昂與奎多蘭的漫長戰爭終於落幕。

第二十五章　勝負已分，在那之後……

一睜開眼，發現自己躺在伸手不見五指的漆黑之中。

上下左右，空無一物。

只有自己孤獨地飄盪在闃黑的空間之中。

自己並未下沉，也沒有上升。

就只是存在於其中。

光明、聲音、溫度，這個漆黑的世界什麼都不存在，就只有自己孤獨一人。

——這就是，死亡？

他還記得自己遭遇了什麼。

胸膛遭剖開的劇痛。

內臟慘遭拖出的異樣感。

這一切迄今仍記憶猶新。

自己的傷勢嚴重，不可能存活。他也是有心理準備才進行自殺式攻擊。

——自己已經死了。

沒有錯。

黑鐵一輝在那一剎那，就已經沒命了。

那麼——

自己現在為何睜開了眼？

自己一度**失去了所有意識**，現在卻能睜眼凝視黑暗。為什麼？

他不明白。

但無論他懂不懂，變化忽然造訪這個世界。

是光。

光明緩緩落入漆黑的世界。

小拳頭大小的光輝飄啊飄，飄向仰躺的自己。

他彷彿渴望甘霖的落難者；

又像迷路之人接受指引；

一輝朝光輝伸出了手。

手能動了。

他撫上光明，闔起手掌。

抓住了光。

就在那一瞬間——

「啊……！」

黑鐵一輝的世界取回了光明。

他仰望陌生的天花板。

裝設在天花板內的ＬＥＤ燈極為刺眼。

他逃避似地閉上眼，移動身子，便發現自己躺在病床上。

這裡究竟是——他再次睜開眼，想要確認四周。

此時，四目相交。

心愛的女友倒抽一口氣，瞪大雙眼。

「史、黛菈……？」

「～～！」

史黛菈正將花朵插進花瓶，動作就這麼僵住一陣子。

紅寶石般的眼瞳圓睜，一陣搖曳。

但只有短短一瞬間。

史黛菈彷彿藏起了情緒，閉上眼，闔上雙唇——

「……你終於醒了。」

表情從震驚轉為些許責備，這麼說道。

這嗓音的確就是史黛菈本人。

「是真人……？我還、活著嗎……」

「你都醒了，自己確認一下。有沒有覺得哪裡不對勁？」

「我還活著這一點最不對勁……」

「這倒是。」

一輝與史黛菈對話，撐起上半身。

身體帶了點鈍痛，但勉強能動。

他摸索胸口，沒有傷口。感覺得到脈搏。拉開被子，雙腳也還在。

身體可說是健康。

這讓一輝更加混亂。

「我真的還活著……？」

他實在難以置信，改向史黛菈求證。

史黛菈回應他的要求，告訴他保住一命的經過。

「珠雫應聯盟的請求趕過來幫忙……是她把支離破碎的一輝以細胞為單位重新構築成人體，救活了一輝。」

「她真的……」

——能做到這種壯舉？

這已經是真正的「復活死者」了。

一輝雖然震驚，但史黛菈沒必要說謊。

她的確是做到了。

扭轉他人的死亡。

她達成了這項奇蹟。

「真是……厲害。」

「法米利昂也平安贏得戰爭了。總之，一輝，辛苦你了。」

「……？」

一輝聞言，感覺史黛菈的態度有些疏遠。

他此時一想，才發現史黛菈從兩人對上眼之後，始終不願看著自己。

就連剛才對話的時候，她也始終擺弄著花。

——他以為能和她一起享受重逢的喜悅。

一輝內心有些寂寞，但等一下再慶祝也不遲。

他現在有更想知道的事。自己失去意識之後，究竟發生了什麼事？

法米利昂獲勝，史黛菈還活著，代表自己在歐爾．格爾身上設下的陷阱順利發揮效果。但他無法預估分出勝負之前，還犧牲了多少人。

「其他人都平安無事嗎？當時……應該還有很多普通居民在場。」

史黛菈仍然撇開視線，回答一輝。

「大家聯手幫忙保護了居民，沒有人犧牲。戰爭結束之後才過三天，奎多蘭國內還一片混亂，約翰哥和露娜姊了解內情，已經站到第一線向國民說明，遲早會平穩下來。」

「約翰王子已經沒問題了？」

「這很難說，但露娜姊陪在他身邊，應該沒事。」

「西京老師還好嗎？她那時候傷勢似乎挺嚴重的。」

「老師可是ＫＯＫ・Ａ級聯盟的選手。聯盟的細胞銀行（Cell Bank）裡應該幫她保存了足夠的體細胞，只少一隻手臂還有辦法解決。倒是多多良……狀況有點嚴重。」

「多多良嗎？」

史黛菈停下手，神情沉痛地點了點頭。

「論傷勢，她和一輝有得比。半張臉和左手，半數消化器官，再加上整個下半身都全毀了。」

史黛菈說道。多虧她在戰鬥中使用了興奮劑，才有辦法保住一命。

那種藥物能減輕痛覺，又有止血作用，多多良才免於休克或失血過多死亡。

「藥物副作用把她的大腦搞得亂七八糟，幸好珠雫幫她治好了……不過身體就…………」

她的身體損傷太嚴重。

損傷到這個程度，唯有動用〈再生囊〉一途。

就算完全治癒外傷，神經系統仍會留有功能障礙。

若想修復完全缺損的部位，必須從自己的體細胞重新製作身體組織。但是細胞銀行的儲存費用十分昂貴，只有富人、國家要人或是國家不可或缺的〈伐刀者〉能夠使用〈再生囊〉。

但是——

「她還活著就好。」

一輝放下心中的大石。

留得青山在，不怕沒柴燒。

多多良還活著，總會有辦法治好傷口。也是有諸星那樣的案例。

「話又說回來，在我沉睡的期間，珠雫好像努力做了很多事。」

自己必須向她道謝。

「史黛菈，可以幫我請珠雫來病房一趟嗎？」

一輝開口拜託史黛菈。

史黛菈此時終於看向一輝——

「珠雫她……剛才就一直待在**這裡**了。」

說出詭異的發言。

「咦？」

一輝一驚，趕緊環視整間病房。是自己沒發覺嗎？

不過他看過五公尺大的方形病房，他的妹妹並不在房間的任何一個角落。

「我沒看到她呀……？」

「在那裡。」

一輝一臉疑惑。史黛菈伸手指出了答案。

她的手指指向一輝的胸口。

「妳在、說什麼……？」

「太驚訝對身體不太好，冷靜點聽我說。你應該很清楚……那時候一輝已經死了。肚子被剖開，內臟還被踩爛……這種重傷很難活得下來，比多多良還嚴重好幾倍。可是……珠雫還是把你從鬼門關裡拉回來——**還用自己的身體填補**壞死的細胞。」

「…………嗄？」

話語彷彿一桶冰水，寒氣隨著思緒緩緩充斥一輝腦內。

「那妳說珠雫在我體內……」

「就是字面上的意思。珠雫已經成了一輝的一部分。」

「——————」

一輝頓時一陣暈眩，彷彿整個世界傾斜了似的。

沒錯，仔細思考之後，的確很奇怪。

一輝的傷勢幾乎和多多良一樣嚴重。多多良和自己明明接受同一位施術者治療，她身體帶傷，一輝卻四肢完好。

她從哪裡補足缺少的部分？

「……！」

為何自己沒有第一時間質疑？

為何、為什麼——

「她、為什麼、要做這種傻事……!!」

「嗯!?一、一輝!?你在哭什麼!?」

「珠雫、為了救我……！唔、嗚嗚嗚！」

眼眶深處火熱無比。

嗚咽擠開了話語，一股腦湧上喉頭。

就在他的情緒即將爆發的前一刻——

「呃、欸!?你該不會誤會什麼了!?喂、妳別閉著嘴，快解釋一下啦！——珠雫！」

史黛菈呼喚那名不存在的女孩。

緊接著——

「嗯哼，真拿妳沒辦法。我還想讓哥哥多操心一下呢。」

那不存在的嗓音忽然敲響一輝的耳膜。他不可能聽錯。

「珠、珠雫!?剛才那是珠雫的聲音！」

「哥哥，我在這裡。」

「珠雫！」

自己的右耳彷彿彈向另一邊，飛快看向聲音來源。

一輝在另一側見到了。

「…………嗄？」

自己的**右肩上**。

掌心大小的珠雫正坐在肩頭上，露出頑皮的笑容。

「哥哥，早安。」

「這、這、這…………這是什麼——————！？！？」

◆◇◆◇◆

珠雫聽見一輝的慘叫，愉快地嘻笑著。

「用不著問呀。您看這麼小巧可愛的女孩子，當然就是哥哥最重要的珠雫。」

「欸!?咦咦咦!?可是這、好小！珠雫變得好小!?」

一輝說完，這才察覺了重點。

仔細一看，珠雫的身體不只是變小，還呈現半透明狀態。

正巧和〈水色輪迴〉汽化身體的狀況一模一樣。

「這個、這、這是怎麼回事？」

珠雫對慌亂的一輝解釋：

「方才史黛菈同學說明過了。哥哥的遺體損壞太嚴重，更損失了一大部分的體細胞。一個一個慢慢復原，反而會讓完好的部位壞死。所以我暫時使用自己的肉體『嫁接』，修復哥哥的肉體。」

我們是血濃於水的親生兄妹，組織配對完美契合了呢。珠雫微笑道。

「不過……我出借體細胞『嫁接』期間，無法正常維持自己的肉體。我就用剩餘細胞做出這副模樣，這個大小已經是極限了呢。」

換句話說——

「那、那珠雫的確還活得好好的!?只是暫時把肉體裝在我身上，沒錯吧!?」

「呵呵，我如果就這樣成為哥哥的血肉，聽起來似乎也挺不錯的呢。」

「一、一點也不好！」

「……您別擔心，我明白哥哥不希望我犧牲自己，我不會這麼做的。哥哥的肉體已經重新構築完成，現在開始利用細胞的發育潛能進行自我修復。我繼續和哥哥合體，是為了有效輔助身體修復。所以就像這樣——」

此時，一輝的身體忽然散發藍光。

光芒從一輝全身緩緩剝落，在他眼前凝聚成人形。

清一色的藍光隨著光芒漸緩，逐漸顯露其他色澤——

——組成了他重要妹妹的模樣。

「我隨時都可以和哥哥分離。」

珠雫解除了合體，自豪地挺起小巧的胸膛。

她四肢健全，一如往常揚起令人疼愛的笑顏。

一輝見到珠雫的模樣——

「……原來……太好了……」

他原以為珠雫為了拯救自己而犧牲，實在難以接受，刺痛般的緊繃瞬間席捲全身。此時才發現是自己一時誤會，一口氣鬆懈下來，差點直接昏厥。

他勉強用單手撐住身子，深深長嘆一口氣。

一輝將心頭如洪水般洶湧的情感呼出體外，正式向救命恩人道謝。

「珠雫，謝謝妳。多虧妳幫我撿回這條命。」

「～～～～♡」

珠雫聞言，卻做出意外的反應。

她的雙眼異常發亮，鼓起鼻翼：

「這、這太刺激了。哥哥用**這麼可愛的模樣**向我道謝，簡直快讓我喜歡上奇怪的新屬性了呀～♡」

珠雫雙手緊抱肩頭，彷彿在壓抑自己。

「妳還要再追加新屬性啊，真是沒藥救……我倒是能懂妳的心情啦。」

史黛菈隨口調侃珠雫，但雙頰微微泛紅，方才刻意移開的視線也來回瞥了瞥一輝。似乎還忍不住脣角的笑意。

「……？」

一輝見兩人舉止詭異，不由得歪了歪頭。

他的動作讓病人服從肩上滑落。

肩頭隨即露了出來。

一輝暗叫不好，正想拉起衣領。

「呃？」

忽然感覺到異狀。

他看著自己抓著衣服的手，心想。

自己的手有這麼小？

整隻手有這麼圓滾滾？

衣袖有多出這麼長？

不對，怎麼可能——

一輝抬頭，偶然間和窗戶上的倒影對上眼。

他過度震驚，腦袋完全空白。

因為自己在窗戶上的倒影——

——變成了小學高年級時期的黑鐵一輝（自己）。

「咦咦咦咦咦————————!?!?我、這、這是我嘛!?唔哇，我變回小孩子了!?為、為什麼會——聲音、連聲音也變高了!?」

「啊啊~小小的哥哥慌成這樣，真是太可愛了~」

「珠雫!?這、我為什麼會變得這麼小!?」

「到剛才為止，哥哥的身體還是用兩個人組成一個人。我現在把自己的體細胞全數抽離，哥哥當然無法維持原本的體格。這才是哥哥現在**真正的模樣**。」

「這是現在的我……」

「我的魔力和專注力有限，不可能和哥哥合體一整天。哥哥需要一定程度能獨自活動的肉體。可是體細胞數量不足。我思考了好一陣子，認為是個好機會——咳咳！想到了一個下下策，就試著重現哥哥小時候的外型。」

我很聰明吧？珠雫自信滿滿地抱住一輝縮小的肩膀。

一輝有點在意她清喉嚨前的發言，但她的理由還算合理。

自己現在沒了珠雫的身體輔助，根本無法維持原有的肉體。

若是要在這種狀況下造出一具能活動的肉體，的確只能縮小體型。

「原來如此，是這麼一回事。」

「您能接受嗎？」

「剛看到的時候是嚇了一跳。聽完妳的解釋，嗯，我明白了。」

「珠雫絕對不是按照自己的興趣行事。是的，我是無可奈何才出此下策。」

「我、我知道。」

一輝其實還有些懷疑，但暫且不追究。

他將無所謂的瑣事趕到思緒角落，開口詢問必須確認的事項。

「那我不只是外表……應該連身體機能也相對減低了，對不對？」

「是。」珠雫點點頭。

「哥哥現在就如同外表，只有十歲左右的體能。所以絕對不能像以前一樣亂來，身體會直接瓦解。」

「是嗎……」

「史黛菈同學也聽清楚了。哥哥的確非常惹人憐愛，但我不許妳拖著哥哥做色色的事。哥哥現在的身體變得那麼幼小，那種事會帶來很大的負擔。妳敢玩什麼〈深夜的一刀修羅〉，我就到社群網站上分享這件大醜聞。」

「才不會！妳把我當成什麼了！」

「就是隻色慾旺盛的母猴子，一整年都在對哥哥發情。」

「我原封不動的把整句話還給妳！」

「對了，如果是在我合體的時候做就沒關係。到時懷上的孩子就不一定有史黛菈同學的基因呢。」

© Wo

「一輝！你妹妹簡直嚇死人！要怎麼養才會養得這麼扭曲！」

一輝中學時就已經離家，這個問題問他，他也不知道。

雖說自己離家本身就是原因。

「哥哥現在可是重傷病患，身體整整殘缺了三成，所以才再三叮嚀不能亂來。請兩位謹記在心。」

「嗯，我明白了。我絕對不會勉強自己。」

一輝聽完珠雫的忠告，謹慎地點了點頭。

姑且不論後半段，前半段提醒的確需要多加小心。

一輝以意識稍微巡視自己的身體，就明白狀況了。

肌力嚴重減弱，心肺功能也下降非常多。

體能只剩原有的一半。

按照以往的方式活動身體，保證會直接扭斷肌肉。

目前的當務之急，是按照自己的狀況摸索合適的行動模式。

話雖如此──

「那個……珠雫，難不成、我會一直維持這副模樣……？」

假如真是這麼回事，這次負傷大大打擊一輝的能力。

尤其一輝原本的攻擊範圍就十分狹窄，如今又縮減了一半，會成為戰鬥的致命傷。

珠雫馬上否定一輝的擔憂。

「不，哥哥並不會長久保持小孩的模樣。方才我也提過，目前會利用肉體的發育潛能，修復哥哥的肉體。幸虧哥哥還只有十六歲，一般人會發育到二十五歲，您還有足夠的發育潛能。珠雫以魔法全速運轉細胞，經過半年就能恢復原本的體型。」

「半年……！只要半年就能復原嗎!?」

「我估算無誤的話。但您恐怕會失去原有的發育機會……」

「沒關係，用這機會換回一條命，已經很划算了。」

半年就能恢復原狀，算是可喜可賀。

一輝安心地輕撫胸口。

當他確認完自身狀況，病房房門也同時打開了。

「喂——黑鐵小妹啊。」

身穿豔紅和服的女子走進房內。

那是〈夜叉姬〉西京寧音。

她注意到病床上的一輝，溫柔地揚起唇角。

「怎麼，你終於醒啦？」

「是，都要多虧珠雫。」

「你變得還真可愛。」

「是……這也是託珠雫的福。」

一輝答道，接著朝寧音微微低下頭。

「當時非常感謝您的輔助。光靠我一個人沒辦法拖延時間，同時保護周遭的人群。」

「團體戰就是這樣，你沒必要道謝。」

「不，我不是感謝您幫忙，而是謝謝您讓我負責進攻。」

寧音那時所在的位置，隨時都能插手。

但是她讓一輝包辦所有戰鬥，直到史黛菈復原。

原因在於周遭的奎多蘭國民。

〈聯盟軍〉的前衛全數潰敗，奎多蘭國民暴露在危險之下。若是連寧音都加入戰鬥，就算能成功擊殺歐爾．格爾，至少也會死傷數千名一般民眾——不，依照歐爾．格爾狗急跳牆的狀況來看，可能甚至多達數萬人。

幸好寧音一肩擔下防守大任，才避免民眾無辜犧牲。

將夥伴當作棄子，這決定太過沉重。

更何況寧音身為教師，又為她的選項增添幾分重量。

寧音仍然以道義為優先。

拯救奎多蘭與法米利昂。

她不動搖本次戰爭的最終目標，按照一輝的意思伺機而動。

一輝是為寧音的判斷道謝。

寧音見狀，無奈地聳了聳肩。

「居然謝謝別人捨棄你，我看你的傻勁是死也治不好了。真是的。**你負責衝鋒，妾身負責保護旁人**。單就當時的狀況，這的確是最好的作戰計畫了。不過看史黛菈在你的屍體前慌得又哭又叫，到最後還開始失控發瘋。妾身當下還真覺得完蛋了。」

「等、等等！不用說那些多餘的事啦！我最後還是自己振作了呀！」

寧音揭穿史黛菈當時的醜態，這讓史黛菈忍不住大聲抗議。

但一輝從未擔心這一點。

史黛菈或許會因為自己的死手足無措……但她很堅強，不會被這情緒壓垮。

她凜然地擔起整個國家的命運，絕對會再次振作起來。

並將怒意化為力量，繼續奮戰。

也會從自己的行動中察覺〈狂櫻〉，踏上自己開闢的道路。

一輝的作戰行動全是基於這份信任。

「算了，人還活著就沒差了。好好養傷吧。」

「我會的……您有事找珠雫？」

「對對對。」寧音這才想起原本的來意，向珠雫招招手。

「黑鐵小妹，妳都解除合體了，正好。跟我來一下。」

「這麼突然，找我有什麼事？」

「剛才聯盟總部傳來命令。妳在這次戰爭中做到『復活死者』，扭曲已成定局的死亡，強行達成自己的願望。聯盟看好妳的能力，決定讓〈深海魔女〉黑鐵珠雫升為〈A級騎士〉——就是這麼回事。所以有一大堆手續等著妳辦。」

「珠雫，好厲害！現在隸屬於聯盟的學生騎士裡，只有史黛菈和王馬大哥是A級騎士啊！」

一輝聽完通知，神情喜悅。

不過本人接到通知——

「……只有我一個人升級？」

倒是直接表現出不愉快。

「明明哥哥的表現比我更出色。」

「別強人所難啦。」寧音反駁道：

「一般大眾經常誤會聯盟級別的意義。級別又不是勳章，只是用來管理伐刀者的水準，怎麼能為了一個例外改變標準。」

「唔——」

珠雫不滿地低吟，沒有繼續爭辯。

畢竟珠雫也很清楚聯盟本身的管理責任。一個伐刀者沒辦法正面擋下一發子彈，當然沒辦法頒給他E級資格。

「但他都達到〈覺醒〉境界了，外在的級別只是裝飾品啦。看過黑鐵小弟在七星劍武祭和這次戰爭的英勇表現，這世界已經沒人會小看他了。事實上……啊。」

寧音說到這裡，忽然驚覺了什麼。接著——

「對了，他都醒了，那我順便一起說完也好——黑鐵小弟。」

她重新望向一輝，告訴他：

「〈國際魔法騎士聯盟〉法國分部長，雷薇·阿斯卡里德託我帶話給你。」

「阿斯卡里德……」

一輝聽見這姓氏，倒抽了一口氣。

那是〈黑騎士〉艾莉絲·格爾現在的姓氏。

也就是說，那名死在自己手上的女孩，她的家屬託人帶話給自己。

「……請說。」

寧音點了頭：

「『感謝你讓小女最後走得無怨無悔。之後遭遇到任何困難，歡迎聯絡我。只有一次。〈刺刃(Bayonet)〉雷薇會無視任何道義與前提，以個人名義協助黑鐵一輝一次。』」

說出了這番話。

「…………」

「你眼睛瞪那麼大做什麼？你以為會挨罵呀？」

「是……畢竟我的所作所為被罵也很正常。」

「她比任何人都親近艾莉絲……艾莉絲真正的自我是什麼模樣，對方大概心裡有數吧。」

「……或許是這麼回事。」

對方察覺真相，卻始終沒說出口……她可能是以沉默來保護艾莉絲。避免她懷抱那罪孽深重的心願，因而走上絕路。自己殺死對方的掌上明珠，怎麼有資格接受對方的感謝……

「西京老師……艾莉絲小姐她……」

「送回去法國了。聽說會將她和歐爾・格爾的骨灰，一起葬在故鄉的角落。」

「是嗎……太好了。」

「有〈刺刃〉雷薇給你做靠山，等於整個法國分部都支持你。這可比升級厲害得多呀。」

「可是……能不能請您轉告對方，我心領了。我沒資格──」

「不准。」

「呃。」

寧音直接打斷一輝。他吃了一驚，只能以視線追問。

「理由有三個。一，黑鐵小弟有沒有這個資格，不是由你決定。二，〈刺刃〉那老太婆才不會為別人改變主意，說了也沒屁用。第三個理由──你總有一天會用上這群人的支持。」

「我需要、他們的力量……是嗎？」

「黑鐵小弟經過這次戰爭，徹底改變你的地位。你和聯盟旗下第四名的〈黑騎士〉戰個兩敗俱傷，成功擊敗她。所以你不再是純粹的學生騎士冠軍，而是〈國際魔法騎士聯盟〉的其中一名主力。」

「……！」

「到時你身旁一定會冒出各式各樣的人，而且是各懷鬼胎。有人欣賞、有人想招攬、有人嫉妒、有人厭惡。直接正面來的人倒好解決，但也會有人刻意設計你。」

因此——

「這是前輩的建議，自己的友軍是越多越好。」

一輝聽完寧音的忠告，猛然想起。

〈七星劍武祭〉的代表選拔賽。

選拔賽尾聲發生了一場陰謀。

沒錯……世界上總是有人會動用自己難以想像的手段，試圖詆毀他人。

自己還不擅長對付這類陰謀詭計，保護自己。

若再度發生類似狀況，他恐怕會再次受困於陷阱。

到時又會麻煩到許多人，令他們擔心。

若想事先預防……需要與自身不同的強大。

那就是政治力量。

寧音的提醒確實合情合理。

「我明白了。『屆時還請您多多關照』，那就麻煩您代為轉達這句話。」

一輝聽取寧音的叮嚀，改變想法。

寧音滿意地點點頭，拍了拍珠雫的肩膀。

「那黑鐵小妹，我們走吧。」

「咦──我還忙著治療哥哥呢。」

「妳已經忙了整整三十個小時，給我去休息。」

「唉……我明白了。」

寧音口氣強硬，珠雫也只能不甘願地退讓。

「那麼，哥哥，珠雫稍微離席一下。」

「珠雫，真的很謝謝妳……託珠雫的福，**我才能與重視的人重逢**。這份恩情我是還也還不完，但有機會我一定會報答妳。」

珠雫正要離開病房，一輝再次鄭重向她表示感謝。

珠雫聞言，難得露出滿面燦爛的笑容，說道：

「啊，對了。我忘記說一件重要的事。」

她站在房門前，面帶微笑地告訴一輝：

「哥哥，我剛剛提到『就這麼化為哥哥的血肉也無所謂』，哥哥當時很生氣地說一點也不好，是不是？」

「呃？啊、嗯……當然不……」

「哥哥這次對待史黛菈，就是這麼**差勁**。」

「……！」

妹妹從來沒像這樣辱罵自己，一輝下意識屏住呼吸。

接著，他這才發現。事到如今才發現這件事。

珠雫**掛**在臉上的笑容，冰冷無比。

她……正對自己抱持前所未有的憤怒。

「戰鬥到最後死去，和以死為前提作戰。這兩件事完全無法相提並論。以自己的死亡為前提，這種方法根本不值一提。即便這是唯一能達成最佳戰果的方法，選擇主動踏上死路——這種人絕對是最差勁的人渣。

我是無所謂，畢竟我**只是單純**深愛著哥哥。

但是史黛菈同學不一樣。

哥哥不是說過愛著史黛菈同學？

您發誓要一生陪伴史黛菈同學？

既然向別人發下愛的誓言，就要負起責任。」

「…………………」

「哥哥，這次連珠雫都沒辦法偏袒你。請自己努力取得史黛菈同學的諒解。」

「我先告退了。」珠雫最後留下這番話，行了一禮，離開了病房。

臉上始終掛著一抹冰冷僵硬的笑。

◆◇◆◇◆

「…………」

寧音和珠雫離去後，一輝盯著關上的房門，啞口無言了好一陣子。

——哥哥這次對待史黛菈，就是這麼差勁。

珠雫的話在腦中不斷迴盪。

此時赤紅忽然填滿了一輝的視野。

史黛菈後腦杓的髮絲正在眼前輕晃。

只見史黛菈的鞋跟敲著聲響，走向門邊，朝房門伸出手。

「史黛——」

一輝以為她也要跟著離開，下意識想喚住她。

但是——

喀鏘!!

上鎖的聲響粗魯無比，彷彿在發洩煩躁，更打斷一輝的呼喚。

一輝變小的身軀渾身一跳——

「那、那個，史黛菈。妳果然、很生氣……對吧？」

他怯生生地向上偷看史黛菈。

史黛菈仍然不看一輝，從病床前經過，走到房門另一側的窗戶，抓住窗簾——

唰!!

她使勁拉上窗簾，窗簾的軌道幾乎要噴出火花。

這聲響等同於答案。

陰暗頓時包圍了病房。

紅蓮雙眸蘊含火熱的憤怒，在黑暗中與一輝對上眼。

「噫！」

他豈止像是被蛇盯上的青蛙。

巨龍凶狠的壓迫感，令一輝窩囊地失聲悲鳴。

「等、等等等等！史黛菈，妳冷靜點！我真的在反省了，我不應該毀約！可是我那時候除了那麼做，真的想不到其他方法保全所有人——」

一輝拚了命解釋。

史黛菈卻沒停下腳步。

她大步走來，每走一步都像在威嚇。

一輝仍然繼續辯解，想讓對方明白這個選項的好處——

「我和西京老師一起投入戰鬥，就沒有人保護周遭的人……我一個人雖然能拖延時間，卻沒能力給〈傀儡王〉最後一擊，又必須吸引史黛菈注意，好讓妳察覺我設下的陷阱，我只能……」

然而——

既然向別人發下愛的誓言，就要負起責任。

「……沒辦法拿這種藉口辯解啊。」

珠雫的責備也讓他明白了。

問題不在於有益無益。

他自己說過，希望史黛菈成為自己的家人。

他必須對史黛菈負責。

先是許諾攜手同行、相愛，又擅自離去——

這是多麼任意妄為？

他的行為只是帶給對方痛苦。

而就在剛才，珠雫讓一輝體會到這一點。

那股椎心刺骨的痛。

自己從來沒想像過這種痛楚。

也不可能預想得到。
有人為自己送命。
這世上竟然有如此刻骨銘心的痛。
（而我居然……強迫史黛菈體驗這種痛……）
「真的很對不起！我願意做任何事補償妳，請妳不要討厭我……！」

史黛菈撐得住自己的死亡，一定會贏得這場戰爭。
自己的信任貨真價實，深愛的她也回應了自己的期待。
——但是忍耐和無動於衷是兩碼子事。
自己深深傷害了史黛菈，比歐爾·格爾造成的外傷還要殘忍。
自己現在只能不斷道歉。
直到她原諒自己。除此之外別無他法。
所以一輝放棄辯解，低頭面對史黛菈的怒火。
「……你真的什麼都願意做？」
一輝的決心似乎起了作用，史黛菈終於開了金口。
「當、當然願意。」
「那從今天開始，你早晚要各親我一次，當作問候。」
「我知道了！」

「然後你要把你喜歡我的地方寫成詩，每天念一個小時給我聽。」

「我、我明白了。」

「而且每天的內容都要不一樣。」

「我、我努力……！」

「然後要把詩篇編輯成你對我的愛情詩集，賣到市面上去。」

「嗄!?」

「然後靠詩集的版稅養我一輩子。」

「史、史黛菈……？」

狀況有點莫名其妙。

一輝瞇起眼，仔細觀察史黛菈瀏海後方的神情。

「啊哈、哈哈哈哈。」

同一時間，史黛菈忍不住大笑。

「開玩笑的。我已經不生氣了。」

「是、嗎？」

「是呀，珠雫把我想說的話全說完了。」

史黛菈答道，終於對一輝展露微笑。

不、她的微笑比較接近苦笑——

「妳真的不生氣？」

「我之前當然是氣炸了。原本我還想等你一醒來，就要一拳打斷你的鼻梁呢。」

「我是住院傷患啊!?」

「很好啊，正好省了送醫過程。」

「呃……」

「不過珠雫大概看穿我的想法了。一輝同學，你還真有個能幹的妹妹呢。」

「這……我也很自豪。」

他只能點頭稱是。

自己這次老是被珠雫拯救。

不過——

「可是……我之所以不生氣，還有別的原因。」

史黛菈即使那麼氣憤一輝，卻有其他更重要的理由，讓她**無法指責他**——

「除了珠雫代替我生氣，我……能見到活生生的一輝……果然還是開心得不得了……」

「史黛菈……」

「唔～～～～！」

史黛菈聽見一輝輕喊自己的名字，便情不自禁地抱緊一輝幼小的身軀。

接著——

「對不起……假如我能想到那傢伙死後還能動，一輝就不用犧牲自己了……真的、很對不起……」

她為自己的疏忽道歉。

都怪自己，一輝才被迫做出沉痛的抉擇。

從某方面來說，這是事實。

但是──

「史黛菈不需要為這件事道歉。」

沒錯，不需要。

有誰能事先預料，居然有伐刀絕技是以自身死亡做為扳機。

實際上，一輝也沒能察覺〈死靈遊戲〉。

所以真要追究最初的原因，**是一輝自己讓史黛菈獨自對付歐爾·格爾**。

話雖如此──

「假如……我能察覺歐爾·格爾的殺手鐧，假如我別讓史黛菈獨自追擊，或者更極端一點，假如我能更強一點……這種話一說出口就沒完沒了了。」

後悔一點也不實際。

後悔和反省不一樣。

只是用過去來傷害自己，沒有實際效益。

自己能怎麼做？又該做什麼？

答案只有一個。

一輝搭住史黛菈隱隱顫抖的肩膀，輕柔地推開她。

兩人隨時能觸及彼此的氣息，直視對方——

「所以，我們要一起變得更堅強。如果再次發生相同的狀況，我們不能再重蹈覆轍。」

他擦去史黛菈臉龐那抹熾熱如血的淚珠，說道。

兩個人一起面對。

「……嗯。」

史黛菈聽見一輝積極的話語，終於欣喜地揚起笑顏。

兩人前嫌盡釋，又近得能感受戀人的呼吸。

彼此的雙唇自然會互相吸引。

唇瓣輕觸，像是在確認彼此的存在。

熱度在些微的接觸下緩緩擴散。

自己的體溫與最愛的對象交融在一起。

史黛菈的溫度令雙唇熱燙。一輝感受這股火熱，墜入回想。

臨死之際見到的世界。

沒有光明、沒有聲響、沒有溫度，漆黑無比的黑暗。

那世界是多麼寂寞。

倘若這就是死亡，自己不想再經歷第二次。

同時……他絕不能忘記。

自己若是死去，史黛菈會活生生困在那寂寥的世界裡。

自己對她來說，就是如此難忘。

自己絕不會第二次前往那個世界，更不會讓心愛的她一起墜入黑暗。

為此，自己必須更堅強。

一輝對自己起誓，咀嚼著這瞬間的幸福——索求更多。

「唔、不行。」

史黛菈卻斷然拒絕。

「我現在很情緒化……再繼續下去，我會忍不住。」

原來如此。一輝也同意。

他有自覺，現在的自己很脆弱。

再繼續**確認彼此**，肯定會無法收拾。

但這下麻煩了——

「抱歉，妳說得有點太晚。」

「咦、啊!?」

「……我先忍不住了。」

一輝伸出變小的雙手，擁住史黛菈的背和後腦杓。

不讓她退縮。

不讓她逃走。

接著再次貼上──不、奪去她的雙脣。

蜻蜓點水的輕觸完全不夠。

臨死前的孤獨記憶復甦。

一輝渴求著史黛菈的熱度，想徹底掩蓋這份寒冷無比的寂寥。

「史黛菈……史黛菈……！」

「嗯……」

平時的一輝從未吻得如此粗暴。史黛菈一時手足無措，但她馬上察覺一輝的身體顫抖不已，隨即放鬆下來。

他凍得發抖，正在向自己求助。

史黛菈當然非常、非常地欣喜──

（真的覺得自己快迷上這種屬性，太可怕了……）

她溫柔地環抱一輝，放鬆身體。

並且緩緩倚靠在幼小的一輝身上，但又注意不造成他的負擔，暗示著他。

別擔心，盡情渴求自己。

一輝的索求越來越強烈，吻得更加深入。

正好就在這瞬間。

「史黛菈————！妳在不在啊————!!」

「史黛菈！大事不好了呢——！」

病房的門鎖頓時**噴飛**，房門猛地被推開。

「欸？」

「呃！」

「哎呀～」

史黛菈的父母，席琉斯和阿斯特蕾亞闖進病房。

房門到病床一覽無遺，一輝和史黛菈正在深吻的場景直接曝光——

「你、你你、你在搞什麼鬼東西————！？！？」

席琉斯如同火山爆發。

經過不久前的戰爭，他已經對一輝改觀不少，但理智和情緒是兩回事。

所謂父親，就是會反射性威嚇任何接近寶貝女兒的男人。

不過——

「爸爸!!現在沒時間讓你胡鬧!!」

「痛痛痛痛痛痛——！媽媽！媽媽！孤的屁股要被妳扯爛了————！！！！」

阿斯特蕾亞馬上狠掐席琉斯的臀部，制止他抓狂。

席琉斯頓時痛得眼眶帶淚大叫。阿斯特蕾亞放開手──

「一輝……你終於醒了呢～太好了。」

阿斯特蕾亞露出個人獨有的溫暖笑容，衷心慶幸一輝的復活。

一輝和史黛菈隨即彈開，道謝之餘，雙眼只能尷尬地四處游移。

「呃、是，多虧貴國的照料。」

「嗯哼，法米利昂頂多為你提供一間病房而已。先不說這個，身體感覺還可以嗎？還有沒有哪裡不舒服？」

「不、不會，我很好。真的，已經很有精神了。」

「**看得出來呢～**」

「「唔～～～～～～～」」

一輝和史黛菈雙雙羞紅了臉。

他們並沒有對史黛菈的父母隱瞞自己的關係。

但被人撞見兩人親熱的現場，還是尷尬到極點。

阿斯特蕾亞愉快地望著兩人純真的模樣，覺得調侃夠了，轉為王后特有的嚴肅神色。

「一輝是法米利昂的英雄，法米利昂必定會舉國報答你這次的貢獻。不過這可以另尋適當的時日……史黛菈。」

「剛剛看你們來得好慌張，怎麼了？」

史黛菈察覺氣氛有變，視線轉回阿斯特蕾亞。

於是──

「是呀，其實是關於多多良的事──」

阿斯特蕾亞轉告來意之後──

「妳、妳說什麼!?」

她面露疑惑，以及強烈的不滿。

◆◇◆◇◆

「我國按照您的吩咐，準備了搭載自動駕駛功能的小型飛機。」

這裡是法米利昂國際機場。機場目前處於關閉狀態，仍未恢復正常航班。

一架小型噴射機停在機場跑道上。國際魔法騎士聯盟法米利昂分部部長──丹尼爾·丹達利昂站在噴射機前，對電動輪椅上的多多良說道。

多多良用殘留的左眼仰望塗得鮮紅的家用噴射機，滿意地點點頭。

「那我就收下這架飛機，當作這次戰爭的酬勞。你們這次欠的人情應該值這個價。」

「國王已經下達許可，您儘管收下。另一頭還準備了不同色的同型機種，不知您意下如何？」

「我沒在管顏色啦。不過……你這老頭貴為聯盟分部部長，自國提供物資給〈解放軍〉旗下的殺手，你都當沒看到啊？」

「是嗎？我只聽說妳是〈國立曉學院〉的學生，其他消息一概不清楚哪。」

「哈，〈白翼宰相〉想必又得傷腦筋了，真可憐。」

多多良見丹達利昂故作狡辯，神情滿是嘲諷。

聯盟分部並非聯盟總部的駐紮處，而是聯盟加盟國聯繫總部的窗口。

因此聯盟分部大多忠於國家。

聯盟的存在意義在於聯繫眾多小國，聯手對抗大國威脅。過度干涉內政，反而會有礙聯盟擴展勢力範圍。

有利必有弊。聯盟經加盟國接納而成立，同時也呈現了這般困境。

而聯盟的組織構造在法米利昂戰役中，大大局限聯盟的行動。

聯盟的仇敵近在眼前，卻無法採取強硬手段。

上層對此想必是前所未有的焦慮。

（他們或許會以這次事件為由，將組織制度轉向中央集權也說不定。）

屆時聯盟或許也會發出「委託」。

（在這種賺錢的好時機把自己搞成這副鳥樣，我也真沒用。）

多多良身為殺手，十分清楚世界情勢。她比對了未來趨勢和現在的自己，不禁嘆了口氣。

堂堂專家可不能做工作做半套。

首先得將身體復原。

（回到〈闇獄之家(Abgrund)〉之後得先進行復原手術……接著馬上開始復健。）

大約花上一年就能重操舊業。

雖然必須歇業好一陣子，這也是無可奈何。

多多良轉換一下心情，移動輪椅，準備搭上小型飛機。

「您當真要啟程了？」

「你們也不想一直讓我這種危險人物待在城裡吧？」

多多良冷冷地回答丹達利昂。

「史黛菈殿下會很傷心的。」

「關我屁事。」

她的語氣更加冷漠，帶了幾分凶狠。

都怪對方搬出史黛菈的名字。

多多良心想——都怪那女人，害自己沒能**死得其所**。

聽說醫療小組搬送自己的時候，自己早就沒救了。

大腦嚴重受損，是〈天使碎塵(Angel dust)〉讓她勉強保住一命。

是史黛菈多管閒事，才治好她受損的大腦。

〈深海魔女〉原本不想浪費體力救治恐怖分子。是史黛菈一再低頭拜託，才說動對方。

……〈深海魔女〉是對的。

殺手根本不值得救。

她捨棄自己就沒那麼多事了。

自己只是順手幫了點忙，她竟然擅自誤會，馬上搖著尾巴黏上來。

（結果……）

真是煩死人了。

這女人就是這麼煩人。自己要是多待上幾天，再見到她的時候，不知道她又要鬼扯什麼無聊事。

自己只能跑得越快越好。

多多良心想，正要搭上飛機。

此時——

「給我慢著——————————！」

怒吼**從天而降**。

這是多多良現在最不想聽到的嗓音，就在正上方。

她下意識仰望天空。
晴朗無垠的藍天。
陽光普照。
一抹紅蓮背對陽光，直直落下。
——她忽然有種非常不妙的預感。
多多良隨即發動能力。
在四周布下反射屏障。
下一秒，紅蓮從空中刺進小型噴射機，引發大爆炸。
「嗚喔喔喔喔喔喔喔喔！？！？」
多多良靠著反射，在近距離撐過爆炸氣浪。
紅黑氣流散去，眼前出現一架碳化的飛機殘骸，而史黛菈・法米利昂就站在殘骸上。
「呼——勉強趕上。太好了。」
「好個屁!?看妳這母猩猩幹了什麼好事——!?」
對方挽留的方式過於蠻橫，多多良不由得大聲抗議。
史黛菈不甘示弱地回以怒吼：
「那是我要說的！多多良幹麼偷偷溜出醫院啦！我們之前明明說好，要在慶功宴上請妳吃『邦妮之家』的蛋糕啊！再說妳傷得那麼重——」

多多良全身纏滿繃帶，各處殘缺。史黛菈難過地望著她的身體，彷彿那些傷口是自己造成的。

「妳撐著那身體……想去哪裡啊？」

「妳爸媽應該告訴妳了，我要回家去。」

「妳根本、沒有家可以回啊。」

〈惡之華(Dirty Rose)〉早已殲滅多多良所屬的〈闇獄之家(組織)〉。

多多良親口提過這件事。

「多多良……告訴妳一件還沒正式發表的消息。等奎多蘭國內平穩下來，就會發表露娜姊和約翰哥的婚事。」

「喔，恭喜。」

「露娜姊會在發表會上放棄法米利昂的王位繼承權。也就是說，會由我繼承法米利昂王位。」

「喔——很棒很棒，那又怎樣？跟老娘無關啊。」

史黛菈的表情莫名嚴肅，多多良則是刻意用事不關己的口氣回答。

暗示自己跟史黛菈無話可說。

史黛菈仍然不氣餒——

「我想以下任女王的身分雇用妳。」

做出不得了的發言。

「……嗄？」

多多良不禁瞪圓了雙眼。

「我當然不是想雇用妳當殺手，而是想請妳做我的侍衛。妳的防禦能力優秀，很適合侍衛工作。而且我國福利制度完善，還提供住處呢。」

法米利昂並非特別富裕的國家。

但好歹是一國的侍衛，待遇也十分可觀。

「妳為法米利昂奮戰到遍體鱗傷，不會有人反對的。大家都很歡迎妳。所以妳別再做殺手了，來法米利昂重新開始吧？」

史黛菈搬出優厚待遇邀請多多良。

她相中多多良的能力。

但這只是藉口。

……多多良當然能看穿史黛菈真正的心情。

所以多多良決定——

「哼嗯，下任女王親自挖角啊。視待遇數字，這選項倒是不壞。」

「我、我當然會盡可能滿足妳的需求！」

「嘻嘻嘻，是喔，那就來談談細項吧。有些要求可不能讓聯盟的老狗聽見，來這說吧。」

「好啊！」

史黛菈喜孜孜地靠了過去，彷彿一隻搖尾巴的小狗。

等她毫無戒心地邁開步伐，多多良瞬間按滿電動輪椅的引擎，腳踏板直接撞上史黛菈的脛骨。

「噫咿!?——妳、妳幹什麼!」

劇痛無預警襲來，史黛菈眼角帶淚，大聲抗議。多多良見狀——

「白痴，吃飽沒事同情別人很有趣啊。」

她滿臉厭惡地吐出這句話。

「……!」

「看妳滿腦子塞滿可笑的誤會，我就告訴妳，我才不是為這個國家而戰。我是〈闇獄之家〉的殺手，今天有個同門蠢蛋擅自殺死客戶，我只是來解決叛徒，結果就是這身傷。根本沒有妳同情的餘地，少在那裡自作多情。」

「嗚……」

史黛菈聞言，只能默不作聲。

自己也很清楚這些。

自己只是故意把多多良的舉動解釋成「為法米利昂而戰」，以便插手照顧她。

而多多良並不希望自己這麼做。

但是……

「既然妳都要成為一國之主，可不能隨隨便便和我這種敗類說話。多注意旁人的眼光。更何況，我要去哪、做些什麼，本來就跟妳的人生沒半點關聯——」

「怎麼可能無關!!」

「——!?」

「我都已經喜歡上多多良了呀!!」

史黛菈就是如此重視多多良這個人，所以明知道對方不稀罕，還是忍不住想介入。

「我是因為多多良幫忙，才變強了!多虧妳教導我那些不足的部分，我才能戰勝歐爾・格爾!不只這些!法米利昂面臨困境，是妳在這裡待到最後一刻，戰到渾身是傷!大恩人連傷都沒治好就要跑去別的地方，這怎麼能用一句『無關』就一了百了!!」

史黛菈無法只用邏輯和道理說服自己。

即便多多良純粹是為了清理門戶，**順手**幫法米利昂一把。史黛菈仍然知道，多多良為了史黛菈、為了保護史黛菈重視的一切，做出多少貢獻。

現在叫她眼睜睜看著多多良一個人回到漆黑的地下世界，她說什麼都辦不到。

史黛菈能肯定，現在若是直接放多多良走，**她恐怕不會再出現在自己面前**。

所以她不想讓多多良走。

別走。

史黛菈淚眼汪汪地宣洩情緒——

「……」

這次輪到多多良說不出半句話。

說實話……多多良其實早就隱隱察覺，兩人的關係會演變至此。

七星劍武祭第一輪比賽。

史黛菈的行動就證明了一切。

樂於為他人承擔不必要的責任，不在乎得失。史黛菈・法米利昂就是這樣的人。

自己明知道對方的性格……卻過於親近她。

太大意了。

自己不小心找了個麻煩。

不對。多多良承認，自己只是在推託。

自己的內心某處……也覺得高興。

有這麼一個人說，她願意為自己的死哭泣。

多多良其實並不如嘴巴上說的，那麼討厭史黛菈的多管閒事。

沒錯，多多良並不討厭。

她不討厭史黛菈。

自己雖然不能坦白說出口，但她很喜歡史黛菈的溫柔，也不希望失去這份關心。

只是自己沒資格享受她的溫柔。

既然如此——

「……抱歉，我不該說我們無關。」

「！」

「妳願意關心我，我是該說聲感謝。」

多多良認同史黛菈的好意。

也衷心感謝她，

然而——

「但是妳沒權利干涉我的生存方式。」

多多良**拒絕了她**。

「我是殺手，已經殺了數人、甚至數十人。」

「可、可是，那是因為妳生在那種環境……！」

「我的確是倒楣才生在那種家庭裡。但不代表我的行為能一筆勾銷。我殺掉的那些傢伙不可能復活。」

「…………」

「明明滿手沾滿鮮血，卻想抹除過去，若無其事地度過安穩的後半生。這也太自私了。」

「妳也可以償還自己的罪孽啊……與其繼續做殺手，繼續犯罪，贖罪一定更適合——！」

「我做不到。」

「為什麼！」

「因為我根本不覺得自己在幹壞事。」

「……!?」

多多良說著。

假設……自己真的覺得愧對自己殺死的人們，或許還能選擇贖罪。

但是她很清楚。

自己內心不存在半點愧疚。

殺人是惡。傷人也是惡。

她從小並未接受這種理所當然的道德良知。

所以她已經記不得了。

自己為了貪圖那便宜的巧克力，究竟殺死了什麼樣的人？

名字、臉孔，她一樣都不記得。

因為殺人對她來說，是天經地義。

她這態度是能贖什麼罪？

「我是殺人的怪物，從我懂事之後就是這副德行。

不管我表面裝作贖罪，裝得再誠懇，終究瞞不過自己。要我做個表面，內心卻沒反省半件事。別開玩笑了。」

她不想成為這種卑鄙小人。

她無法回頭，

無法挽回過去，

又不可能贖罪，那麼——

「我想至少貫徹到底。」

不去掩飾自己至今的所作所為，當個惡棍度過一生……然後像個惡棍橫死街頭。等到她達成這一切……坦蕩蕩過完這無藥可救的人生，她或許能稍微喜歡自己。

「這是我賭上自我(Ego)的戰鬥。妳如果真的這麼感謝我，就不要妨礙我。」

「……唔、嗚。」

正如同史黛菈為了自我無法退讓，自己也有一份不能讓步的信念。

史黛菈的情感如此直率，而多多良也以同等的坦白答覆她。

即便答覆不符合史黛菈的期待……她卻不再繼續堅持。

她只能低下頭。

因為她很清楚，他人很難影響一個人的自我。

再繼續糾纏對方，就真的只是把好意強押給別人。

於是——

「……我知道了。我不會再挽留妳了……」

史黛菈退讓了。

多多良淡淡一笑。

「這就對了。多多良幽衣原本就不存在任何地方。妳就當作見鬼了，趕快忘了我吧。」

丹達利昂還準備了另一架不同顏色的小型噴射機。她背對史黛菈，啟動輪椅，前往另一架噴射機，準備從此消失在史黛菈面前。

「嗚嗚、嗚咕。」

身後傳來史黛菈的啜泣聲。

不過她似乎不再追過來了。

她也不再搬出「道德」來說服自己。

這代表史黛菈並非基於心血來潮的同情，而是真心為多多良著想，想為她盡一份心力。

多多良不討厭她誠實又耿直的地方。

所以——

「嗚唔、嗚嗚嗚。」

自己會因為她的啜泣感到心痛與愧疚，是自己活該。

明明沒資格享受她的溫柔，卻擾亂她的內心。這是報應。

那麼，無論自己多麼坐立難安，都沒資格抱怨。

「嗚嗚嗚～～～」

要謹記在心。

記住自己傷害了這名少女，記住她的悲傷。

直到搭上飛機，再也聽不見她的啜泣聲為止。

多多良心意已決，便靜靜傾聽史黛菈的哭聲——

「嗚呼、嗚嗚嗚嗚～～～～～～……！」

把這份難捨的負擔當作告誡，刻劃在心裡——

「嗚噗噗噗噗噗噗噗噗噗噗噗噗噗噗……」

刻劃……

「噗噗噗。」

「嘎啊——夠了！妳噗噗噗的吵死人啦!?」

太陽穴附近彷彿有根線應聲繃斷。

那是什麼莫名其妙的哭法？

這豈止讓她難分難捨。

自己要是就這麼離開，這負擔會重到直接壓斷自己的脊椎。

她才不幹。所以——

多多良轉過輪椅，往史黛菈扔了某樣東西。

那是一張卡片。

卡片垂直旋轉，漂亮地撞進史黛菈的眉頭。

「噗噗!?妳、妳幹什麼啦～～～～！」

「那個給妳，妳就給我閉上嘴！哭成那樣會害我晚上作惡夢！」

「什麼嘛！妳又不讓我挽留妳，至少讓我傷心一下啊！討厭！」

史黛菈哭哭啼啼地抱怨多多良粗魯，史黛菈撿起她要「給」自己的「卡片」——

一看，瞪大雙眼。

「這是……名片？」

「那是我當殺手用的名片。」

「咦？殺手也有名片啊？」

「嗄？我做生意的，當然要有名片啊。」

真是的，沒出過社會的小鬼就是這麼傻。

多多良聳了聳肩——

「上頭寫著我的聯絡方式。我記得……『那傢伙』能在這場戰爭中引導法米利昂走向勝利，國王就會承認你們兩個的婚約，沒錯吧？我倆好歹也算相識，妳到時給我捎個消息，我會出席你們的婚禮。所以……別哭得那麼好笑，煩死人了。」

這是……多多良最後的讓步。

告訴史黛菈，她不需要忘記自己。

多多良主動交出聯繫的絲線。

史黛菈悲傷黯淡的雙眼再次恢復活力，如紅寶石般耀眼。

「多多良！絕對喔！收到通知之後一定要來喔！」

「好啦……我知道。」

「——好了！我剛才也傳了我的聯絡方式！妳一定要加我喔！我絕對不要就這樣道別！假如妳給我假的聯絡方式，我一定會翻遍全世界把妳找出來！」

「我就說我知道啦！」

剛才還陰沉得像是一隻地縛靈，現在卻不見一絲憂鬱。

史黛菈如同狗兒搖尾巴，雙眼發亮地望著多多良。多多良見狀，忍不住詛咒自己莽撞。

自己剛才一定做了非常多餘的舉動。

這致命的失算，或許會為自己描繪的人生蒙上陰影。

又或者……是她自己想這麼做。

「嘖……」

她已經懶得想這念頭是真是假。

每次跟史黛菈扯上關係，總是讓她失常。

總之，她現在只想休息。

多多良不悅地嘖了一聲，終於從史黛菈身上轉開視線。

她不再回頭了。

史黛菈還在後頭喊著「現在就加」、「要好好養傷」，語氣聽起來格外欣喜。多多良無視她所有發言，搭進另一架不同色澤的噴射機，關起氣密門。

周遭終於安靜下來。多多良嘆了口氣，啟動自動駕駛。

她輸入座標，準備前往〈闇獄之家〉的養護設施。

（啊。）

多多良輸入到一半，忽然想起有事忘記告訴史黛菈，不禁皺起臉。

現在如果又打開機門，那傢伙肯定又會搖著尾巴奔上來。

十之八九會演變成那景象，她光是想像就覺得麻煩。

更何況……現在的自己再見到她的笑容，不知會做出什麼表情。她沒自信把持住。

多多良決定不開門。

她直接啟動飛機引擎。

接著靠著單手和能力，靈活地坐上座椅，任憑自動駕駛啟程，並將手伸進口袋——

往最新一封訊息的通訊信箱，送出了簡訊。

『我的名字是「菲亞」。下次見面記得叫這個名字，否則我就不吭聲啦。』

飛機的自動駕駛開始滑行，準備起飛。史黛菈幾乎是在同一時間看到那封簡訊。

「～～～～～～～～！」

下次見面。

原本即將永別的朋友傳來這句話，欣喜的熱淚隨即洗去方才冷清的悲傷——

「菲亞————！真的，非常非常謝謝妳————！！！」

史黛菈朝著啟程的飛機大聲道謝。

為了向身在遠處的她傳達謝意。

於是，機身逐漸遠去。她卯足全力不斷揮手——

——堅定地下定決心。

下次見面，她一定要說動菲亞。

雖然自己原本想尊重她的信念。

但這封簡訊就是可能性。

菲亞能選擇不同的生存方式。

這是她未來的可能性。她現在或許尚未發現，不，即便她發現，她也絕不認同。

自己尋得了這份可能性。

那麼，她不再客氣了。

即便她氣沖沖地說自己煩人、如何閃避自己。

自己再也不放棄了。

一定要堅持到底。

讓她待在自己伸手可及之處。

對菲亞來說，這世界若有一個人願意讓她陪伴左右，一定是有意義的。

終章 正義從天而降

法米利昂與奎多蘭一戰在一輝等人奮戰之下，由於主謀歐爾·格爾死亡，戰爭平安落幕。

兩國順利度過危機，國民也攜手合作，努力療癒國家的傷痕。

國家、人民所受的傷痛絕對不淺。

但他們終有一天能跨越這些痛苦，向前邁進。

然而……

一切並不會因為戰爭落幕而恢復原狀。

歐爾·格爾在法米利昂和奎多蘭發動戰爭之前，先是襲擊〈解放軍〉總部，並且徹底毀滅整座設施。

〈國際魔法騎士聯盟〉
〈大國同盟（Union）〉
〈解放軍〉——原本由三者互相制衡，如今三者鼎立的狀態已經瓦解。
無人能違逆這股變化。
世界自那一天起，開始逐漸改變其樣貌。
〈聯盟〉與〈同盟〉——兩大勢力失去緩衝，展開正面衝突。世界即將邁入這樣的年代。

雙方的初次衝突，發生在法米利昂戰役落幕的兩週以前。
地點就在於阿爾卑斯山脈，慘遭毀壞的〈解放軍〉總部。

三架武裝直升機接近〈解放軍〉總部上空。
無數全副武裝的士兵降落在遭到斬首的阿爾卑斯山。
士兵背後與肩上印有「ＰＳＹＯＮ」字樣。代表他們來自世界最大的國家——美利堅合眾國、隸屬於該國自傲的超能力部隊——〈ＰＳＹＯＮ〉。
對此——
「夏爾，我們要保護好爸爸他們！」
「YES, My Lord！！！！」

「描繪豔彩，〈德米奧格之筆〉。」

眾士兵的下方，風祭凜奈、夏洛特・科黛、莎拉・布拉德莉莉站在平坦的山頂，採取戰鬥態勢。

為了保護〈解放軍〉要人兼父親——風祭晄三，以及應邀前來的日本首相——月影獏牙。

不過——

「妳們三個，快住手。」

風祭晄三制止了三人。

「爸爸，可是！」

「我明白妳們的實力，但是妳們贏不了那個。」

風祭晄三說著，望向鐵灰色的天空。而在他視線前方——

只有一個怪人不穿戴降落傘，直接從直升機跳下，卻比其他配備降落傘的隊員降落得更緩慢。

立起的金髮、足以隱藏表情的護目鏡。這個男人正是——

「〈PSYON〉隊長……〈超人(The hero)〉亞伯拉罕・卡特。」

他是世界最大軍事大國美利堅合眾國內，首屈一指的最強〈超能力者〉。

對方不但人數占上風，〈PSYON〉最強戰力還親自到場，隨意抵抗只會危險倍增。

晄三確認狀況，讓女兒等人退下。

亞伯拉罕無聲無息地降落在晄三面前，隔著護目鏡凝視五人，開口說道。

他的語氣不帶一絲情感，彷彿機械聲響——

「日本首相，月影獏牙。以及同國最大綜合企業——風祭財團總裁，風祭晄三。

我代表世界的正義——合眾國（States）向你們提問。

你們在**這個時間點**，身在**此地**。會是（States）世界的敵人，還是盟友？

——你們屬於哪一方？」

後記

非常感謝各位讀完《落第騎士》第十五集。

我是作者，海空陸。

我寫這篇後記的時候是九月初……地震、颱風，災難連連啊。

颱風之後的北海道地震感覺沒多少話題。而我的老家就在大阪，直接接受颱風洗禮。

我自己現在搬到東京，受害不嚴重。但是老家屋瓦被吹翻，屋內嚴重漏水啊啊啊……朋友家的車棚和車窗玻璃也慘遭吹飛，實在悽慘。

現在正在讀小說的讀者或許也有人受害。我們都深深體會災害的恐怖了呢……重新感受到防災準備的重要性。

總之會想在手邊多備一些現金，以防停電後無法使用自動提款機呀。

順帶一提，我老家只有房子稍微受損跟停電，家人和兩隻貓兒平安無事。算是不幸中的大幸。

話題回到故事本篇，法米利昂的故事在本集告一段落。下集場景將會拉回日本，聚焦在過去的許多勁敵，寫寫他們的小插曲。

一輝等人在法米利昂歷經千辛萬苦，而日本在這段期間其實也遭遇各種困境。都怪歐爾・格爾（又是你的錯）。

可以再寫那些令人懷念的角色，這讓作者我稍微興奮起來了……！各位敬請期待！

出版本書時受了許多人關照。最後，我想以感謝來為這篇後記收尾。

負責插畫的WON老師、GA編輯部的各位工作人員，以及支持本系列的眾多讀者，非常謝謝各位！

下一集也請各位多多指教。

浮文字

落第騎士の英雄譚15

（原名：落第騎士の英雄譚15）

著　者／海空陸
封面插畫／ＷＯＮ
譯　者／堤風
發行人／黃鎮隆
副總經理／陳君平
文字校對／施亞蒨
總編輯／洪琇菁
國際版權／黃令歡
執行編輯／曾鈺淳
美術編輯／李政儀
企劃宣傳／邱小祐
內文排版／謝青秀

出　版／城邦文化事業股份有限公司　尖端出版
台北市中山區民生東路二段一四一號十樓
電話：（〇二）二五〇〇─七六〇〇
傳真：（〇二）二五〇〇─二六八三
E-mail：7novels@mail2.spp.com.tw

發　行／英屬蓋曼群島商家庭傳媒股份有限公司城邦分公司　尖端出版
台北市中山區民生東路二段一四一號十樓
電話：（〇二）二五〇〇─七六〇〇（代表號）
傳真：（〇二）二五〇〇─一九七九

中彰投以北經銷／楨彥有限公司（含宜花東）
電話：（〇二）八九一九─三三六九
傳真：（〇二）八九一四─五五二四

雲嘉經銷／智豐圖書有限公司　嘉義公司
電話：（〇五）二三三─三八五二
傳真：（〇五）二三三─三八六三
客服專線：〇八〇〇─〇二八─〇二八

南部經銷／智豐圖書有限公司　高雄公司
電話：（〇七）三七三─〇〇七九
傳真：（〇七）三七三─〇〇八七

一代匯集／香港九龍旺角塘尾道六十四號龍駒企業大廈十樓Ｂ＆Ｄ室
電話：（八五二）二七八三─八一〇二
傳真：（八五二）二五八二─一五二九
E-mail：hkcite@biznetvigator.com

新馬經銷／城邦（馬新）出版集團Cite（M）Sdn. Bhd.
E-mail：cite@cite.com.my

法律顧問／王子文律師　元禾法律事務所
台北市羅斯福路三段三十七號十五樓

二〇一九年九月一版一刷

■中文版■

國家圖書館出版品預行編目資料

落第騎士英雄譚 15 / 海空陸作 ; 堤風譯. -- 1版.
[臺北市] : 尖端出版 : 家庭傳媒城邦分公司
發行, 2019. 09-
面 ;　公分
譯自：落第騎士の英雄譚
ISBN 978-957-10-8695-8 (第15冊：平裝)

863.57　　108000138